PRESENCE
Stories
ARTHUR MILLER

存在感のある人

アーサー・ミラー短篇小説集

アーサー・ミラー
上岡伸雄 訳

早川書房

存在感のある人　アーサー・ミラー短篇小説集

PRESENCE
by
Arthur Miller

Translated by
Nobuo Kamioka
First published 2017 in Japan by
Hayakawa Publishing, Inc.
This book is published in Japan by
direct arrangement with
The Arthur Miller 2004 Literary and Dramatic Property Trust
c/o The Wylie Agency (UK) Ltd.

装画　中島陽子
装幀　早川書房デザイン室

目　次

ブルドッグ

Bulldog

彼はこの小さな広告を新聞で見た。「黒いブリンドルブルの子犬、一匹三ドル」。家のペンキ塗りの仕事で十ドルくらいのお金を稼ぎながら、まだ銀行に預けていない。だが、家族はまだ犬を飼ったことがない。そのアイデアで頭がいっぱいになったとき、父は長い昼寝をしていた。母はと言えば、ブリッジのゲームの最中だった。飼ってもいいかと彼が訊ねても、うわの空で肩をすくめ、カードを投げただけ。彼は心を決めようとして、家を歩き回った。そして、急いだほうがいいという感情が広がった。誰かが先に子犬を買ってしまうかもしれない。心のなかでは、自分だけの子犬がすでにいつでもいた――彼の子犬なのだし、子犬のほうもそれがわかっている。ブリンドルブルというのがどんなものかは知らなかったが、強くて賢そうな名前だ。しかも、三ドルなら持っている。もっとも、父がまた破産し、家族がお金にひどく困っているときに、それを犬に使ってしまうというのは、考えただけで気が重くなった。その小さな広告には、子犬が何匹いるのかまでは書かれていない。二、三匹だけかもしれず、だとすれば、いまごろ誰かに買われてしまったかもしれない。

住所はスカーマーホーン通りとなっていた。聞いたことのない地名だ。電話をかけると、かすれた声の女の人がどの電車でどう行ったらいいかを説明してくれた。ミッドウッド地区から行く場合、高架鉄道のカルヴァー線に乗り、チャーチアヴェニューで乗り換えなければならない。彼はすべてを書きとめ、彼女に向かって復唱した。ありがたいことに、子犬はまだ売り切れていなかった。一時間以上かかったが、日曜日なので、電車はほとんど空っぽだった。開け放した木枠の窓からそよ風が入り、下の道路上よりも涼しい。眼下の空き地では、赤いバンダナを頭に巻いたイタリア人の女たちが身を屈め、エプロンにタンポポを集めていた。学校にいるイタリア人の友達の言うところでは、あれはワインとサラダのためだという。家の近くの空き地でレフトを守っていたとき、彼はタンポポを試しに食べてみたが、苦くて、涙のようにしょっぱかった。乗客がほとんどいない古い木製の電車は、熱い午後の陽ざしのなかをガタゴトと揺れながら、しかし軽快に進んでいった。私道で洗車している男たちのいる街区《ブロック》のうえを通り過ぎたが、彼らの姿はまるで熱い象を洗っているかのようだった。埃が楽しげに空中を舞っていた。

スカーマーホーン通りの界隈は驚きだった。ミッドウッドのあたりとはまったく違う。ここの家々はブラウンストーンで作られていて、彼の近所の家よりもずっと立派だ。彼の近所の家々は板張りで、数年前に建てられたものばかり。古いのでも、二〇年代のものだった。歩道でさえこのあたりのは古く、セメントではなく大きな四角い敷石でできていて、石と石の隙間から草が生え出していた。ユダヤ人はここには住んでいないと彼にはわかった。とても静かで、活気がないために、そう感じられたのだろう。ここでは、日光浴のために外に出ている人は誰もいない。窓の多くは開け放たれ、表情のない人々が肘をついて寄りかかり、外を見ている。下枠に猫が寝そべって伸びをしている窓もある。ブラジャーだけの女たち、下着姿の男たちが風に当たろうとしている。彼の背中に汗が一筋垂れていった。それは暑いからだけでなく、犬を欲しがっているのが自分一人だと気づいたからである。両親はどうでもいいという態度だったし、兄はこう言った。「何だおまえ？　狂ってんのか？　子犬に何ドルも使うなんて！　いい犬だって、どうしてわかるんだよ？　それに、どんな餌をやるつもりなんだ？」彼は骨をやればいいと考えたが、何が正しくて何が正しくないかがいつもわかっている兄は、こう叫んだ。「骨だって！　まだ歯も生えてないんだぞ！」じゃあ、スープだ、と彼は呟いた。「スープ！　子犬にスープをやるのか？」突如として、彼は目的地に着いたことに気づいた。立ちすくんだまま、急にどん底に落ちたような感じがした。夢を見ていて目覚めたときのように、すべて間違いだったと気づいたのだ。あるいは嘘をついて、それが本当だと間抜けにも言い張っているかのように。動悸が激しくなり、顔が赤くなっていくのが感じられ、彼は半街区《ブロック》ほど先まで歩いた。外に出ているのは彼一人だけで、窓にいる人々は人気《ひとけ》のない通りを歩く彼を見つめている。しかし、こんなに遠くまで来てしまったのに、どうしてこのまま帰れるだろう？　数週間も、いや一年間も旅をしていたように感じられた。それなのに、何も得ずして地下鉄に乗り、帰るのか？　少なくとも、あの人が見せてくれるのなら、子犬を見ておくべきだろう。『ブック・オブ・ナレッジ』（子供向けの百科事典）で見たところ、丸々二ページを割いて、いろいろな犬の写真が載っていた。前足が曲がっていて、下顎から歯が突き出ている、白いイングリッシュ・ブルドッグがいた。白と黒の斑《ぶち》の小さなボストン・ブルもいたし、鼻の長いピットブルもいた。しかし、ブリンドルブルの写真はなかった。だから、ブリンドルブルのこととなると、一四三ドルという以外は何も知らないのだ。それでも、自分の子犬を見ておかないわけにはいかない。そこで、彼は元の道を戻り、女に言われたように、地下室のドアのベルを鳴らした。大きな音がしたのでびっくりしたが、ここで逃げ出したら、女が外に出て来て彼を見つけ、もっと恥ずかしいことになるだろう。だから彼は、汗が唇を流れ落ちているものの、そこにとどまった。

階段下の内側のドアが開き、女が出て来て、門扉の埃っぽい鉄格子を通して彼を見上げた。長い黒髪を肩まで下ろし、淡いピンク色の絹でできたガウンのようなものをまとって、前がはだけないように片手で押さえている。彼は相手の顔を真っ直ぐに見ることができず、そのため彼女がどんな顔をしているのかよくわからなかった。しかし、門扉を開けずに立っている様子に、緊張しているのが感じられた。家のベルを鳴らした少年が何をしているのか想像できないのだろうと感じ、彼はすぐに広告を出したのはあなたですかと訊ねた。あら！　彼女の態度はすぐに変わり、掛け金を外して門扉を開けた。彼よりも背が低く、ミルクと饐えた空気が混じったかのような独特の匂いがした。彼は彼女のあとについてアパートに入っていった。とても暗く、何が置いてあるのかはほとんどわからなかったが、子犬の甲高い鳴き声は聞こえた。彼にどこから来たのか、何歳なのかと訊くとき、彼女は大声を出さなければならなかった。彼が十三歳だと言うと、彼女は口を手で叩き、その歳のわりにはすごく背が高いと言った。しかし、そのことでどうして彼女が恥ずかしがっているのか彼にはわからなかった。彼はときどき十五歳くらいに間違えられるので、彼女もそう思ったのかもしれないが、それにしても妙だ。彼はアパートの奥のキッチンに案内され、そこでようやく周囲を見ることができた。太陽の光が当たらないところに数分間いたので、目が慣れたのだ。大きな段ボール箱の側面をぎざぎざに切って浅くしたものに、三匹の子犬が母犬と一緒に入っている。母犬は尻尾を前後にゆっくりと揺らしながら、彼のことを見上げている。ブルドッグのようには見えなかったが、そうは言わなかった。黒い斑点と数本の縞がそこここにある、ただの茶色い犬という感じで、それは子犬たちも同じだった。彼は犬たちの耳が垂れ下がっている様子が気に入ったが、女にはこう言った。子犬が見たかったんですけど、買うかどうかはまだ決めてません。次にどうしたらいいのか本当にわからなかったが、だからといって子犬を気に入っていないように思われるのも嫌だったので、一匹を抱いてもいいかどうかと女に訊ねた。彼女はいいですよと言って箱のなかに手を入れ、二匹を取り出して青いリノリウムの床に置いた。彼がこれまでに見た、どんなブルドッグにも似ていなかったが、それほど欲しいわけじゃないと彼女に言うのは気まずかった。女は一匹を拾い上げて「さあ」と言い、それを彼の膝のうえに置いた。

彼はこれまでに犬を抱いたことがなく、滑り落ちるのが心配だったので、両腕で抱えるようにした。温かくて柔らかい肌触りで、ゾクゾクするような気持ち悪さがあった。その灰色の瞳はボタンのようだ。なぜ『ブック・オブ・ナレッジ』にこの種の犬が載っていなかったのだろうと彼は考えた。本当のブルドッグは強くて危険そうだが、これはただの茶色い犬だ。彼は犬を膝に置いたまま、椅子の肘掛けに腰を下ろした。緑の革張りの椅子だった。そして、次にどうしたらよいのかわからず、ぎこちなく座っていた。一方、女はいつの間にか彼のすぐ隣りに移動していた。髪を軽く叩かれたような気がしたが、彼の髪はとても濃いので、よくわからなかった。時が刻一刻と進むにつれ、何をしたらいいのかどんどんわからなくなった。それから女が水は欲しくないかと訊き、彼が欲しいと答えると、彼女は水道のところに行って、水を出した。それでようやく彼は立ち上がり、犬を箱に戻すことができた。女はグラスを手に持って戻り、彼がそれを受け取ると、ガウンの前を押さえていた片手を放した。半分膨らませた風船のような乳房が現われた。そして、彼がまだ十三歳だなんて信じられないと言った。彼は水を飲み干し、グラスを彼女に返そうとしたが、彼女は突然彼の頭を引き寄せてキスをした。それまでずっと、彼は彼女の顔をなぜか見つめられないでいたが、いまになって見ようとしても顔はぼやけ、ほかには髪しか見えなかった。彼女は彼の下半身に手を伸ばし、彼の脚の背後には震えが走った。それは激しくなり、ついには電気に痺れたときのような感じがした。切れた電球を替えようとして、電気の通ったソケットの縁に触れたときのようだった。カーペットに降りたときのことは、あとになってもまったく思い出せなかった――ただ、滝の水が頭のうえに落ちて来たような感じだった。彼女のぬくもりのなかに入り、カウチの脚に頭を何度もぶつけたことだけ覚えていた。カルヴァー高架線に乗り換える、チャーチアヴェニューの近くまで戻って、ようやく彼女が三ドルを受け取らなかったことに気づいた。自分が同意したことも覚えていなかったが、彼は小さな段ボール箱を膝に載せていた。なかからは子犬のミューミューいう鳴き声が聞こえてくる。爪で段ボールを引っ掻く音がするたびに、彼の背筋はブルッと震えた。いまになって思い出したのだが、女は箱のてっぺんに穴を二つ開けたので、そこから子犬は鼻をしょっちゅう突き出していた。

彼が箱の紐を解き、子犬が顔を出すと、母親は飛び上がって一歩下がった。犬はキャンキャンいいながら這い出てきた。「この子、何してるの？」と母親は叫び、攻撃から身を守るかのように両手を上に挙げた。彼のほうはもう子犬が怖くなくなっていて、両手に抱きかかえ、顔を舐められるがままにしていた。それを見て、母親も少しだけ落ち着き、「お腹が空いているのかしら？」と訊ねた。彼がまた犬を床に下ろすと、母親は何があっても対処できるような身構えで、口をかすかに開けて立っていた。彼は、子犬はお腹を空かせているかもしれないが、柔らかいものしか食べられないと思うと言った。とはいっても、犬の小さな歯はピンのように鋭かった。母親は柔らかいクリームチーズを出してきて、その一かけらを床のうえに置いた。しかし子犬は匂いを嗅ぎ、小便をしただけだった。「なんてこと！」と母親は叫び、すぐに新聞紙を持ってきて拭き取った。母親が身を屈めているとき、彼はあの女のことを思い出し、恥ずかしくなって首を振った。突如として彼女の名前が頭に浮かんだ——ルシール——二人で床に寝ていたとき、彼女が言った。彼がなかに入ろうとしたとき、目を開けて「私の名はルシールよ」と言ったのだ。母親は昨晩のヌードルのボウルを持ち出して来て、床に置いた。子犬は小さな前足を上げ、ボウルをひっくり返し、底にたまっていたチキンスープをこぼした。そして、リノリウムの床からチキンスープを貪るように舐め始めた。「チキンスープが好きなのね！」と母親は嬉しそうに叫び、子犬は卵も喜ぶのではないかと考え、湯を沸かすために火にかけた。子犬はあとを追うべきは母親だとなぜかわかったようで、コンロから冷蔵庫まで、彼女のすぐ後ろについて行ったり来たりした。「私のあとをついてくるわ！」と母親は言い、嬉しそうに笑った。

次の日、学校から帰る途中、彼は金物店に立ち寄り、子犬の首輪を七十五セントで買った。お店のシュウェッカートさんは、引き綱にするようにと、物干し綱をおまけに加えてくれた。毎晩、眠りに就く前に、彼は秘密の宝箱から取り出すようにルシールのことを思い浮かべ、彼女に電話してみようか、もしかしたらもう一度一緒に過ごせないものか、などと考えた。ローヴァーと名づけた子犬は日に日に大きくなったが、ブルドッグらしくなる徴候はまったく示さなかった。少年の父親はローヴァーを地下室で飼うように言ったが、地下室はとても寂しく、子犬はキャンキャンと鳴き続けた。「お母さんが恋しいのよ」と母親は言った。少年は毎晩、地下室の古い洗濯籠にボロ布を敷き、子犬を寝かしつけるところから始めた。そして子犬がさんざん鳴くと、ようやくうえに上げることを許され、キッチンにボロ布を敷いて子犬を寝かせるのだった。子犬が静まると、みんなホッとした。彼の母親は、家のまわりの静かな道で子犬を散歩させようとしたが、子犬はすぐに彼女の足首のまわりに紐を巻きつけてしまう。母親のほうは子犬に怪我をさせたくなかったので、子犬をジグザグに走って追うことになり、消耗してしまうのだった。いつもではないが、彼はローヴァーを見るとルシールを思い浮かべ、ほとんど彼女のぬくもりを感じることさえあった。ポーチの階段に座り、子犬を撫でながら、彼女のこと、彼女の太腿の内側のことを考えた。まだ彼女の顔を思い浮かべることはできず、ただ彼女の長い黒髪と逞しい首のことを思った。

ある日、母親はチョコレートケーキを焼き、冷ますためにキッチンのテーブルのうえに置いた。少なくとも二十センチは厚みがあるケーキ。とろけるようにおいしいのは、彼にもわかっていた。彼はその当時、絵を描くのが大好きで、スプーンとフォーク、葉巻の箱、龍が描いてある母の中国製の花瓶など、形が面白いものは何でも描いていた。そこで彼はケーキをテーブルの脇の椅子に載せ、しばらくスケッチした。それから立ち上がり、なんとはなしに庭に出た。昨秋植えたチューリップが芽を出していたので、夢中になって観察した。それから、新品同様の野球のボールを昨年の夏に失くしてしまったので、それを捜しに行くことにした。地下室の段ボール箱のなかにあるはずだった——絶対にあると思っていた。だが、彼はいつも箱の底まで捜せないのだ。そこに入れたことを忘れていた何かを発見し、そちらに夢中になってしまうからである。裏のポーチの下にある、外側の入り口から地下室に降りようとして、彼は梨の木に気づいた。二年前に彼が植えたものだが、花のようなものが細い枝の一つについていた。彼はびっくりし、うまくいったことに誇らしさを感じた。コート・ストリートのお店でその木を三十五セントで買い、リンゴの木を三十セントで買って、二メートル隔てて植えた。そして、いつの日かそこにハンモックを掛けたいと思っていたのだ。どちらの木もまだ細くて低いが、次の年にはそれができるかもしれない。自分で植えた木なので、その二本を見るのがいつでも好きだった。木のほうも見つめられているのがわかっていて、こちらを見つめ返しているような気さえしていた。裏庭の端には高さ三メートルほどの木製のフェンスがあり、それはエラスムス・フィールドを囲んでいた。週末になると、セミプロや草野球チームがプレーする球場だ。「ダヴィデの家」とか、ブラック・ヤンキースとか、サチェル・ペイジのいるチームとか。ペイジはアメリカ最高のピッチャーの一人だと評判だったが、黒人なので、大リーグではプレーできないようだった。「ダヴィデの家」は選手がみな長い顎鬚を生やしていた――彼にはその理由がわからなかった。たぶん正統派のユダヤ教徒なのだろうが、そうは見えなかった。ライトを越える大きなファウルボールが飛ぶと、ボールが庭に落ちることがある。そのボールを捜そうと彼は思いついた。春が来て、気候が暖かくなってきたからだ。ところが地下室に降りて例の箱を見つけた途端、自分のアイススケートの刃が鋭いのに驚き、刃を研いだときのことを思い出した。万力を使ってスケート靴を固定し、石で刃をこするようにしたのである。彼は箱から物を次々に取り出した。破れた野手用のグラブ、片方を失くしてしまったホッケーのキーパー用のグラブ、使いかけの鉛筆、一箱のクレヨン、糸を引くと手を挙げる小さな木の人形。そのとき子犬のキャンキャンという鳴き声が頭上から聞こえてきた。いつもとは違う鳴き声――とても甲高くて大きな声で鳴き続けている。彼が階段を駆け上がると、ちょうど母親が二階のリビングから下りて来た。ガウンの裾を後ろになびかせ、恐怖の表情を顔に浮かべている。子犬が爪でリノリウムの床を引っ掻く音が聞こえてきたので、彼はキッチンに向かった。犬は叫び声のようなものをあげながら、ぐるぐる走っている。少年は犬の腹が膨らんでいるのにすぐ気づいた。ケーキが床に落ちていて、ほとんどなくなっていた。「私のケーキが！」と母親が叫んだ。そして、残りがまだ載っている皿を取り上げ、犬からそれを守るかのように高く上げた。といっても、ほとんど何も残っていなかった。少年はローヴァーを捕まえようとしたが、犬はすり抜けてリビングに駆け込んだ。母親は「カーペットが！」と叫びながらそのあとを追った。ローヴァーは走り続けた。リビングはもっとスペースがあるので、広い円を描いている。犬の鼻からは泡が噴き出していた。「警察を呼んで！」と母親は叫んだ。突然、犬は倒れ、横向きに寝そべった。喘ぎながら、息を吐くたびにキーキーという音を出している。犬を飼ったことがなかったので、獣医のことなど何も知らない。少年は電話帳を見て、ASPCA（アメリカ動物虐待防止協会）の番号を見つけ、電話をかけた。手を伸ばすと、ローヴァーは手に噛みつこうとし、口からも泡を噴いていた。こうなるとローヴァーに触るのも恐ろしい。家の前にヴァンが停まったので、少年は家から駆け出した。若者がヴァンの後ろから小さな檻を出している。犬がケーキをほとんど一個食べてしまったと言ったが、相手はまったく関心を示さず、家に入って来て、ローヴァーをうえから見下ろした。ローヴァーは小さな声でキャンキャン鳴いていたが、まだ横たわったままだった。男は犬に網をかぶせ、檻に入れようとしたが、犬は立ち上がって逃げようとした。「何がいけなかったんだと思います？」と母親は訊ねた。口をひん曲げ、嫌悪感に満ちた表情をしていたが、同じ嫌悪感を少年も抱いていた。「いけなかったのは、ケーキを食べたことですよ」と男は言った。それから檻を運び出し、後部ドアからヴァンの闇のなかへと滑り込ませた。「犬をどうするの？」と少年は訊ねた。「返してほしいのかい？」と男は鋭い声で言った。母親がポーチの階段のところまで出て来て、それをちょうど聞いてしまった。「ここでは飼えません」と彼女は大声で言い、男に近づいた。断固とした声だったが、恐怖も交じっていた。「犬の飼い方を知らないんです。飼い方を知っている人で、この犬を欲しい人がいるでしょう」。若者はまったく関心を示さずに頷き、運転席に座ると、走り去った。

少年と母親はヴァンが角を曲がって見えなくなるまでずっと見つめていた。なかに入ると、家はまた静まり返っていた。ローヴァーがカーペットに何かするんじゃないかとか、家具を噛むんじゃないか、水が欲しいんじゃないか、食べ物を与えないといけないんじゃないかといった心配は、もうしなくていいのだ。毎日学校から帰ったときも、朝目覚めたときも、彼はローヴァーのことを真っ先に捜した。そして犬が何か悪さをして、母親か父親を怒らせてしまうのではないかと心配していた。こうした心配はなくなり、それとともに喜びもなくなった。家は物音一つしなくなった。

彼はキッチンのテーブルに戻り、何かスケッチできるものを思いつこうとした。椅子の一つに新聞が置いてあり、開いてみると、サックスのストッキングの広告があった。女の人がガウンの縁を少しずらし、脚を見せている。それを写し始め、彼はまたルシールのことを考えた。彼女に電話して、前にしたのと同じことをできないだろうか？　ただし、そうなれば彼女はローヴァーのことを訊ねるだろうし、彼としては嘘をつかなければならなくなる。彼女がローヴァーを抱き締め、鼻にキスまでしていたのを彼は覚えていた。あの犬のことを本当に愛していたのだ。犬がいなくなったなんて、どうして彼女に言える？

ただ座って、彼女のことを考えているだけで、彼の体の一部は箒の柄のように硬くなり、突如として彼女に電話することを考え始めた。ローヴァーの遊び相手として、二匹目の子犬が飼いたいのだと言ってみたらどうだろう？　しかし、そうしたら彼はまだローヴァーを飼っている振りをしなければならず、嘘を二つつくことになる。それは少し恐ろしかった。嘘自体よりも恐ろしいのは、その振りをしとおさなければならないことだ。第一に自分がまだローヴァーを飼っていて、第二に二匹目の犬を本当に飼いたいのだと覚えていなければならず、そして第三に、これが最悪なのだが、ルシールと事が終わったあとで、残念ながら犬をもう一匹飼うのは無理だと言わなければならない。その理由は……何だろう？　こうした嘘すべてを考えていくだけで、彼は消耗した。また彼女のぬくもりのなかに入ることを思い浮かべ、頭が爆発しそうな気がした。そして、一つの考えが浮かんだ。あれが終わったら、彼女は彼に犬を持って帰るように言い張るかもしれない。どうしてもと言って押しつけるだろう。結局のところ、彼女は彼から三ドルを受け取っておらず、ローヴァーはプレゼントのようなものだったのだ。子犬をもう一匹どうと言われ、断るのは気まずいだろう。彼はまさにその理由で彼女のところに戻って来たことになっているのだから。しらを切りとおす気になれず、こうした考えは諦めた。しかし、床に手足を広げて横たわる彼女の姿が頭に浮かび、彼はまた子犬を断る理由を考え始めた。子犬をもらうためにブルックリンの端から端まで移動して来たはずなのに、なぜそれを断るのか。子犬を断ったとき、彼女の顔に浮かぶ失望の表情が目に浮かぶ気がした。当惑、いや、もっとひどい、怒りの表情。そう、彼女はきっと怒るだろう。そして、彼の心を読み取り、彼がわざわざ来たのは彼女のなかに入るためであり、あとは全部ナンセンスだと気づいて、侮辱されたと感じるだろう。彼のことを殴るかもしれない。そうしたらどうしよう？ 大人の女性と喧嘩することはできない。それに、またここで思いついたのだが、すでに彼女は残りの二匹を売ってしまったかもしれない。三ドルなら、かなりお手ごろだ。とすれば、どうなる？ 彼は考え始めた。とにかく彼女に電話して、犬のことには触れずに、会いに行きたいと言ったらどうだろう？ それなら嘘をつくのは一つだけ。つまり、ローヴァーをまだ飼っていて、家族はみんなあの犬を愛しているという振りをするだけでいい。その程度なら覚えていられるだろう。彼はピアノのところに行き、自分の心を鎮めるために、陰気な低音の和音をいくつか弾いた。ピアノの演奏をきちんと習ったわけではなかったが、自分で作った和音を叩き、その振動が腕を上がってくる感覚が好きだった。弾きながら、心のなかのものが解き放たれたかのような、あるいはすべて崩れ落ちたかのような感じがした。これまでの自分とは変わってしまったのだ。もはや空っぽでも、清く澄んでいるわけでもない。秘密と嘘でいっぱいになっていた。話した嘘もあれば、まだ話していない嘘もあるが、すべてが忌まわしい嘘であり、そのために自分が家族から少し離れてしまったような気がした。家族の外に出て家族たちを見、家族たちと一緒にいる自分を見ているようだった。彼は右手でメロディを作り出そうとし、左手でそれに合った和音を捜した。まったくの幸運で、美しい和音がいくつか弾けた。かすかに外れている和音が本当に素晴らしかった。不協和音の鋭さを持ちながら、それでも右手のメロディに応えているのだ。母親がびっくりして部屋に飛び込んできた。そして、嬉しくてたまらないという表情で「どうしちゃったの？」と訊ねた。母親はピアノが弾けたし、楽譜を読むこともできたので、彼にも仕込もうとしたが失敗した。それは、彼の耳が良すぎて、苦労して楽譜を読むよりも耳で聴いたままを弾きたがるためだと母親は信じていた。彼女はピアノのところに来て、椅子の脇に立ち、彼の手を見つめた。驚きつつ、そしていつものように彼が天才であることを望みつつ、彼女は笑った。「これ、自分で作ってるの？」ローラーコースターに並んで座っているかのように、彼女はほとんど叫んでいた。彼はただ頷くだけで、しゃべろうとしなかった。しゃべることで、無から摑み取ったものを失いたくなかったのだ。自分が密かに変わったことがものすごく嬉しくて、彼は母親とともに笑った。と同時に、このように弾けることは二度とないのではないかと考えていた。

パフォーマンス

The Performance

私がハロルド・メイに会ったとき、彼は三十五歳くらいだったと思う。ちょうど真ん中で分けたブロンドっぽい髪、鼈甲縁の眼鏡、真ん丸くて子供っぽい目――その容貌はまさにハロルド・ロイドだった。眼鏡をかけ、いつでも驚いたような顔をしている、有名な映画の喜劇スターにそっくりなのだ。メイのことを思い出すとき、私はいつでもバラ色の頬をした男を思い浮かべる。白いピンストライプの入ったグレーのスーツを着込み、赤と青の縞の蝶ネクタイをしている男。小柄な体は痩せて引き締まり、足取りは軽く、いかにもダンサーらしい。そして、多くのダンサーと同じように、自分の芸に夢中になっている（芸と心中したと言ってもいい）。とにかく、そのように最初は思えた。ミッドタウンのドラッグストアに二人で座っていたのを覚えている。あの当時、というのは四〇年代だが、暇なときはああいうお店に入り、ソーダとサンデーだけで一時間はテーブルに向かって座っていられたものだ。メイは長くて込み入った話をしたがっていた。彼がなぜわざわざ話したがるのか私にはわからなかったが、次第にわかってきた。私の関心を引き、彼に関する記事を書かせたいのだ。彼を連れて来たのは、私の旧友のラルフ・バートン（かつての姓はバーコウィッツ）。私なら彼の奇妙な話を使えるのではないかと考えたのだが、私がジャーナリズムから離れたのは、彼だって承知していることだった。私はもはやドラッグストアやバーにたむろして人の話を聞いたりはしない。作家としてある程度知られるようになり、レストランや街路で突然見知らぬ人から話しかけられ、どぎまぎすることもあった。あれはたぶん春だったろう。戦争が終わってからまだ二年しか経っていなかった。

ハロルド・メイがその午後に語ったところでは、彼は三〇年代の半ば頃、ときどき思い出したようにしか仕事が来なかった。すでにタップダンスの芸を確立し、ブロードウェーのパレス劇場にも二度ほど出演、いつでも『ヴァラエティ』誌の劇場情報を賑わしてはいた。しかし、実のところは少人数の熱心な観客を相手にする芸人でしかなかったのである。彼が出演していたのはクイーンズ、オハイオ州のトレド、ニューヨーク州のエリーやトナワンダなど。「物作りってものを知っている人は、タップを見るのが好きなんだよ」と彼は言った。嬉しかったのは、鉄鋼労働者がとりわけタップを好きだということ——ほかにも機械工やガラス吹き工など、技術を大事にする人たちは誰でもタップが好きだった。しかし一九三六年には、人気が頭打ちになったことがわかり、彼は気を滅入らせていた。そんなときにハンガリーで働かないかという話が来たので、それに飛びついたのである。もっとも、彼はその国がどこにあるのかもわかっていなかった。しかし、ブダペスト、ブカレスト、アテネ、ほかにも東欧のいくつかの都市に、いわゆるヴォードヴィルの興行系列があるということがすぐにわかってきた。そのなかでも最も格式高いのがウィーンのクラブで、そこの出演契約が取れれば、彼の名を大いに広められるはずだった。一度評判を確立すれば、同じクラブに何度も何度も戻って、ほとんど一年じゅう芸を続けることができる。「彼らは変化をあまり望まないんだよ」と彼は言った。しかし、タップは本当に新しかった。南部の黒人が作り出したものだから、ヨーロッパには知られていない、純粋にアメリカのダンスだった。そして多くのヨーロッパ人は、これこそ楽天的なアメリカの雰囲気だと思い、魅了されたのである。

ハロルドは東欧の興行系列で六カ月か八カ月ほど働いた——といったことを、彼は白い大理石の机越しに私に説明した。「仕事は安定していたし、ギャラもそこそこだった。それにブルガリアみたいな場所では、本当にスター扱いされたんだ。お城でのディナーに招待され、女たちに囲まれて、見事なワインを出された。これ以上ないくらいに幸せだったよ」と彼は言った。

彼の小さな一座は男が二人、女が一人、それに彼だった。あとはピアニストか、場所によっては小さなバンドを調達し、いろいろな場所を効率的に回って仕事をした。まだ若くて独身であり、その短い人生を脚と靴のこと、そして栄光の夢を追い続けることばかりに集中してきたので、彼は自分が観光を楽しんでいるという事実に驚いた。興行で訪れる都市を見て回り、ヨーロッパの歴史や芸術についていろいろな知識を得ることに喜びを感じていたのだ。エヴァンダーチャイルズの高校卒業の資格しかなかったし、次の興行より先のことは考えてもこなかったので、ヨーロッパは彼がその存在を想像することさえなかった過去に対して目を開かせたのである。

ある晩、ブダペストのラ・ババルー・クラブに出演したあとのことだ。公演の出来に満足し、おんぼろの楽屋でメーキャップを落としていたとき、ドアロに男が突然現われたのでびっくりした。背が高く、よい身なりをした紳士だった。彼は腰からうえをかすかに下げてお辞儀し、ドイツ語訛りの英語で自己紹介した。そして、メイの貴重な時間を数分間だけいただいてよろしいだろうかと恭しく訊ねた。ハロルドはそのドイツ人をなかに招き、ぼろぼろになったピンクのサテンの椅子に座るように言った。

ドイツ人は四十五歳くらいで、見事に整えられた銀髪の持ち主だった。緑がかった、どっしり重そうな高級スーツを着込み、ハイトップの黒い靴を履いていた。ダミアン・フグラーと名乗り、ブダペストにあるドイツ大使館の文化交流担当官という資格で来たと言った。訛りはあったが、彼の英語は完璧に正確だった。

「あなたの演技を三回ほど拝見する幸福に浴しました」とフグラーは滑らかなバリトンの声で始めた。「そして、何よりも素晴らしい芸術家であるあなたに敬意を表したく存じます」。ハロルドを芸術家と呼んだのは彼が初めてだった。

「あ、ありがとうございます」と彼は何とか返答した。「お褒めいただきありがたいです」。彼がどれだけ舞い上がったかは想像に難くない。オハイオ州ベリア出身の紅顔の若者が、ハイトップの靴を履いたエレガントなヨーロッパ人から敬意を表されているのだから。

「私自身、シュトゥットガルトのオペラで舞台に上がったことはあります。もちろん、歌手としてではありません。いわゆる〝ちょい役〟ってやつですよ。ずいぶん昔の話で、ずっと若かったときのことです」。フグラーは自分の若気の至りを許すかのような笑みを浮かべた。「しかし、用件に移りましょう――ミスター・メイ、私はあなたを招待する権限を与えられております。ベルリンで公演をしていただきたい。私の部局からあなたに交通費と宿泊費をお支払いいたします」

政府が――どんな政府であれ――タップダンスに関心を抱いている？　この息を呑むような考えは、もちろんハロルドの想像を絶するものだった。話の中身を理解するのにも、信じるのにも、少し時間がかかった。

「いや、どのようにお答えしたものだかわからないんですよ。たとえば、どこで公演をするんですか？　クラブとか？」

「キック・クラブになります。お聞きになったことはあるのでは？」

ベルリンの最高級クラブの一つとして、キック・クラブの名は聞いたことがあった。彼の心臓はバクバクいい始めた。しかし、これまでの出演交渉の経験から、こういう話に飛びつくべきではないということもわかっていた。「では、契約はどれくらいの期間になりますか？」と彼は訊ねた。

「おそらく一回だけです」

「一回？」

「私たちがお願いするのは一回だけですが、契約の延長をクラブと交渉することは自由にできます。もちろん、相手が延長を望んだらの話ですが。私たちはあなたに一晩の公演で二千ドル払う準備があります。それでご満足いただけるのなら、ですが」

一晩で二千ドル！　これは普通なら約一年分のギャラだった。ハロルドの頭はくるくると回り始めた。質問をしないといけないのはわかっていたが、いったい何を訊いたらいい？「それで、あなたは？　すみません、あなたはどういう方でしたっけ？」

フグラーは美しい黒革の名刺入れを胸ポケットから取り出し、ハロルドに名刺を渡した。ナチスの鉤十字章を摑む鷲の浮き出し模様がちらりと見えた瞬間、ハロルドは名刺に書いてあることを読み取ろうにも集中できなくなってしまった。その模様が吹き矢のように彼の脳を直撃したのだ。

「明日、お返事するのでよろしいですか？」と彼は言い始めたが、フグラーの柔らかいバリトンの声がすぐにそれを遮った。

「申し訳ありませんが、明日中に発っていただかないといけません。あなたを契約から解放するように、ここの支配人とはすでに話がついています。あなたがそれでよろしければですが」

契約から解放する！「こんなふうに感じたよ」と彼は半分ほど飲んだチョコレート・ソーダのグラス越しに私に話してくれた。「高い官職の人たちが、僕に知られずに、僕のことを議論しているみたいだって。これって恐ろしいんだけど、自分が偉くなったような気もするものなんだ」と彼は言い、非行少年のような笑みを浮かべた。

「どうしてそんなに急ぐのか、訊いてもよろしいですか？」と彼はフグラーに訊ねた。

「残念ながら、私が申し上げられるのはこれだけです。私の上司たちは、木曜以降、あなたの演技を見る時間がない。少なくとも数週間、もしかしたら数ヵ月、その時間がないのです」。突如として、フグラーはハロルドの膝に向かって身を乗り出した。顔はハロルドの手に触れるほどで、声は囁き声になった。「これであなたの人生は変わるかもしれません、ミスター・メイ。これを逃すなんてあり得ない」

二千ドルが目の前にちらついて、ハロルドは思わず「いいでしょう」と言っていた。とはいえ、あまりに奇妙な会見だっただけに、すぐにひるみだした。決断する時間をくださいと言おうとしたが、そのときにはドイツ人は消えていた。気づくとハロルドは五百ドル札を握り締め、訛りのあるバリトンの声がこう言ったのをぼんやりと覚えていた。「前金です。では、ベルリンで！　また会いましょう《アウフ・ヴィーダーゼーエン》」

「彼は契約書さえも出さなかったんだ」とハロルドは私たちに言った。「出したのは金だけだよ」

その夜、彼は自分を責め続け、ほとんど眠れなかった。「自分のことはちゃんと管理してるって考えたいものだけど、このフグラーってのはハリケーンみたいなものだったんだ」と彼は言った。特に気に病んだのは、一回だけの公演に同意してしまったことだ。これはどういうことだろう？「ここ数カ月、僕は周囲の状況がわからないのに慣れてしまったんだ。苦労して理解しようとしなくなった。ていうのは、ハンガリー語もルーマニア語もブルガリア語もドイツ語も、まったく知らないんだから。でも、公演一回だけって？それがどういう意味なのかまったくわからなかった」

それに、なぜこんなに急ぐのだろう？「途方に暮れたよ」と彼は言った。「お金を受け取るんじゃなかったって思った。と同時に、好奇心が湧くのも抑えられなかったんだ」

一座にこのことを知らせたとき、彼の心は少しホッとした。というのも、一座の人々はバルカン諸国を出られることと、前金の分け前に大喜びしたのだ。列車で北に向かう彼らはまさに活気に溢れ、このおかしな冒険に心を弾ませていた。ベルリンはヨーロッパの首都であり、右に並ぶのはパリしかない。その地で公演をするなんて、パーティに行くようなものだった。ハロルドはシャンペンとステーキを注文した。ダンサーたちと話をすることで気を紛らわし、不安を鎮めようと努めた。列車がガタガタと音を立てながら北に向かって走っていくとき、彼はニューヨークにとどまっていたらどうなっていたかを考えた。アメリカは経済不況にはまり込み、失業者たちが列を成している。それと比べると、自分はずっと幸運ではないか。

列車がドイツ国境に停まったとき、兵士が彼の個室のドアを開けた。部屋には彼のほかにベニー・ワースと二人のルーマニア人がいた。ベニーは彼と最も長く一緒に仕事してきた男である。ルーマニア人たちはここまでほぼ連続して眠り続けていた。ときどき目覚めるのだが、少しだけ微笑み、また夢に戻る。兵士が彼のパスポートを開いたとき、彼は睨みつけられたように思った。この道中、国境の警備兵に何度も睨みつけられてきたが、このドイツ人の睨みつけ方は体内のどこか深いところに突き刺さった。自分がユダヤ人であることを突如として思い出したのだが、それだけではない。ユダヤ人であることに問題を感じたことなど、これまでほとんどなかった――特に彼の場合、金髪で目は青く、だいたいにおいて陽気な性格だったので、ユダヤ人に対する当時の普通の反応を引き出すことがなかったのだ。それよりも痛感したのは、ここ一年ほど聞いてきた話を自分がほぼ完璧に頭から消し去っていたという事実だった。新しいドイツ政府がユダヤ人に対する迫害を始めていたこと。彼らを事業や専門職から閉め出し、ユダヤ教会を閉ざし、多くを国外に追放しているといったことだ。一方、ベニー・ワースは共産主義者を自称しているので、『ニューヨーク・タイムズ』紙のような通常の新聞には出ない情報も入手していた。それによれば、ナチスはオリンピックの観客に悪い印象を与えまいと、この年は反ユダヤ的な政策を控えているという。どちらにしても、こうしたことは自分個人と関係のないことだった。「ルーマニアの状勢に関しても、いろいろと嫌なことは聞いていたけど、自分で何かを見たわけではないし、だから頭にとどめておくことができなかったんだ」と彼は説明した。これは私にも理解できた。結局のところ、彼は観客たちと言葉を交わすわけではないし、地元の新聞も読めない。だから巡業している各都市で起きている現実には、どこかかけ離れたような感覚がつきまとっていたのである。

実を言うと、彼に強い印象を残したヒットラーの姿は、オリンピックのニュース映画に映し出されたものだった。数カ月前、黒人選手のジェシー・オーエンスが四個目の金メダルを受けるために表彰台に上がったとき、ヒットラーはオリンピック会場から立ち去ったのだ。「あれはスポーツマン精神に反するよね」と彼は言った。「でも、考えてみてくれ。

ああいったことはいろんな場所で起こり得るものなんだ」。真実を言えば、ハロルドは当時、政治にまったく関心を抱けなかった。彼の人生はタップダンスであり、次の契約を得ること、テーブルに食べられる料理を載せること、そして一座が分裂しないようにすることと――分裂して、新人たちに芸を仕込む羽目に陥らないようにすることだった。もちろん、アメリカ人としてのパスポートがポケットに入っていれば、いつでもここから出ることはできる。最悪の事態になったら、すぐに荷物をまとめてバルカンに戻るか、アメリカに帰ったっていいのだ。

火曜日の夜、彼らはベルリンに到着し、列車から降りたところで二人の男に出迎えられた。一人はフグラーのものと似ているが、緑ではなく青の背広を着た男。もう一人は黒い制服を身につけた男で、その襟の折り返しには白い玉縁があしらわれていた。「ミスター・フグラーがお待ちです」と制服のほうの男が言った。ハロルドは自分が重要人物として扱われていることを感じ取り、ゾクゾクする気持ちを抑えられなくなった。普段なら、彼と一座は重い革のスーツケースを抱えて列車から降りると、下手な外国語を使ってポーターに指示をしたり、タクシーを見つけようとする。しかも、たいてい雨が降っている。ここでは、彼らはメルセデスに乗るように案内され、厳かにアドロン・ホテルまで連れていかれた。ベルリンで、いや、おそらくヨーロッパでも最高級のホテルである。部屋で一人きりになり、牡蠣、オーソブッコ、ポテトパンケーキ、そしてリースリングのワインといった夕食を終えると、ハロルドは新しい金で何をするかを想像することで、不安な気持ちを押し殺した。そして、仕事に向かう気持ちの準備を整えた。

フグラーは次の日の朝食時に現われ、彼の部屋で数分ほど過ごした。あなたの一座は午前零時からショーを始めます、と彼は言った。夜の八時までクラブでリハーサルをしてください。それから、通常のショーが始まります。フグラーは前回よりも少し興奮している様子だった。「いまにも僕に抱きつくんじゃないかって思ったよ」とハロルドは私に言った。

「僕は、フグラーとはうまく調子を合わせてたんだ」とハロルドは言った。「だから、そろそろ訊いてもいいんじゃないかって思った。誰が僕たちのショーに来るんですかって。でも、彼はただ微笑んで、こう言うだけだった。警備の関係でこうした情報を提供することは禁じられています、ご理解いただきたい。正直言うと、僕らはこんな予想をしてた。ウィンザー公がベルリンに来てるってベニー・ワースが言ってたんで、彼じゃないかって。

彼はヒットラーと仲良くやっているようだったからね」

朝食を終えてから彼らは車でクラブまで案内され、クラブ専属の六重奏団に会った。モハメッドというシリア人のピアニストを除くと、五十歳を超えたメンバーばかりだった。モハメッドは長い茶色の指のすべてに指輪を光らせている、粋な若者。英語を少し知っていたので、彼がハロルドの言葉を仲間たちに通訳することになった。自分の新たな権威を味わおうと、モハメッドはほかのメンバーたち――みなドイツ人だ――に復讐を始めた。ここ数カ月、モハメッドは彼らのテンポを上げようと努力していたのだが、うまく行っていなかったのだ。彼らは「スワニー河」を知っていると言うので、ハロルドはこの曲を伴奏として使うことにした。ところが、彼らは絶望的なほどテンポが遅い。そこでハロルドはできるだけ当たり障りのないようにバイオリンとアコーディオンを追い出し、ドラムとピアノだけで演奏させることにした。しばらくして、どうにか形になってきた。十二時になると、ウェイターや厨房の助手たちが集まって来たが、みな一座の演技に大喜びした。ハロルドらが通し稽古をしていると、銀食器を磨きながら拍手喝采するのだ。熱狂するウェイターたちの前でダンスするのはまったく新しい経験で、一座の気分は高揚した。ランチのときは誰も使っていない部屋に通され、鱒のあぶり焼きを出されたが、これも初めてのことだった。さらにワイン、焼き立ての硬いロールパン、デザートにはチョコレートケーキに素晴らしいコーヒーが出てきた。二時半には踊る気満々だったが、同時に眠くなっていた。そこで、車でアドロン・ホテルまで送ってもらい、昼寝をした。夕食はクラブですることになっていたが、むろん無料《ただ》である。

ハロルドは二メートル近くもある大理石の浴槽に入り、長いことじっと湯に浸かっていた。熱い湯を浴びるのは、出演前の彼の習慣だった。「蛇口は金メッキされていて、タオルは数メートルの長さだったよ」。ウェイターたちが彼と一座に特別な敬意を示したことで、彼は考え込まずにいられなくなったのだ。今夜の客はナチスのかなりの高官ではないか？　ヒットラーか？　彼はそうではありませんようにと祈った。どうしても教えてくれと言い張らなかった自分の馬鹿さ加減に呆れた。フグラーが一回きりの公演だと言った瞬間、こうした問題を予想すべきだったのだ。これもまた、彼の臆病さによるものだと私は想像する。生まれついての臆病さのために、ハロルドはあれこれと考え込んでしまうのだ。体を浴槽に滑らせて、少しずつ沈んでいった、と彼は言った。頭もすべて湯に浸け、溺れ死ねないものかと思ったのだが、最後には考え直した。彼がユダヤ人であるとばれたら、どうなるだろう？　虐待される人々の姿が彼の心の奥底から飛び出してきた。その年の初めの頃に新聞で見て、心にしまい込み、封印しておいたものだった。とはいえ、彼らもアメリカ人に対しては何もできないはずだ。パスポートに感謝しつつ、彼は浴槽から出た。そして水滴を滴らせたまま、腹に恐怖を抱えつつ、パスポートが上着のポケットに入っていることを確かめた。フラシ天のタオルで身を包むと、不安を感じていることがますます馬鹿らしく思えてきた。むしろ、御前上演が迫っているのだから、もっと期待に胸を躍らせていいはずではないか。サテンのカーテンのかかった背の高い窓の前に立って、ボウタイを締めつつ、彼は忙しい大通りを見下ろした。この実にモダンな大都会。立派に着飾った人々が店のウィンドーの前で立ち止まったり、互いに挨拶したり、帽子を傾けたり、信号が変わるのを待っていたりする。そして、彼は自分の立場がなんておかしなものなのだろうと感じた。何やら恐ろしいものを見たような気がして、木の上まで駆けのぼった猫のようではないか。単に日よけが風に揺れているだけかもしれないのに。「それでも、僕はベニー・ワースが言ったことを思い出していた。ナチスの天下が終わるのももう少しだって話さ。労働者たちがすぐに立ち上がり、彼らを政権から追い落とすってね——まだ希望は失われていなかったんだ」

彼は一座を楽屋に集めることにした。ポール・ガーナーとベニー・ワースはタキシードを着込み、キャロル・コンウェイは燃えるように赤く、透けて見えそうなほど薄いドレスを着て現われた。ハロルドがショーの前に彼らを呼び出すことなどこれまでなかったので、みな少しピリピリしていた。「確信はないんだが、今夜我々はミスター・ヒットラーの前で踊るんじゃないかと思う」。彼らは自分たちの成功を喜ぶ気持ちではち切れそうになった。ベニー・ワースは葉巻の煙をくゆらせつつ、次第にガラガラ声を荒らげ、ごつい右拳を握り締めた。指にはダイヤモンドの指輪が光っていたが、この指輪で一度ならず邪魔者を撃退したことがあった。しかし、生まれついてのチームプレーヤーだったので、ただこう言っただけだった。「あのクソ野郎のことは気にすんな」

キャロルはいつでもすぐに泣き出すので、いまにも涙を目からこぼしそうになりながらハロルドを見つめた。「でも、彼らは知っているの？　あなたが……」

「いや」と彼は遮った。「でも、我々は明日ここを発ち、ブダペストに戻ろう。君たちにうろたえてほしくなかっただけだよ——彼が目の前に座っているのを見たときにね。とにかく、いつもと同じように踊ろう。そして、明日にはまた列車に乗る」

ナイトクラブの丸い舞台のうえには巨大なシャンデリアがぶら下がっていた。そのちかちか光る灯りを見て、ハロルドは苛立ちを覚えた。踊るときに頭上にあるものを彼は信用しないのだ。ピンクの壁はムーア風の雰囲気をもち、テーブルの上面は若草色だった。オーケストラの後ろの覗き穴から彼らは見ていたが、午前零時になるとすぐに支配人のビックス氏がバンドの演奏をやめさせた。そして舞台中央に進み出て、ダンスを遮って申し訳ありませんと満員の部屋に向かって話し始めた。今夜、来ていただいたことに大変感謝いたしますが、皆さんにお引き取りをお願いするのが私の「義務」なのです、と。通常の閉店時間は二時頃なので、皆はなんらかの緊急事態を想像した。また、「義務」という言葉が使われたことは、この緊急事態が現政権に関わるものであることを示唆していた。そこで、驚きの言葉を囁きつつ、数百人の客たちは持ち物をまとめ、そそくさと屋外に出ていった。

歩いて立ち去る者たちもいれば、タクシーに乗り込む者たちもいた。縁石のあたりに残っていた者たちは、名高い巨大なメルセデスが現われたのを見て、畏怖の念に打たれた。三台か四台の黒い車に前後を守られたメルセデスは、クラブのある小道に入ってきた。前後の車には男たちがぎっしりと乗り込んでいた。

驚きに目を丸くして、ハロルドと一座はただ覗き穴から見つめていた。総統のテーブルはすでに舞台から数メートルのところに移され、制服を着た将校たちが二十人ほど総統のまわりを囲んでいる。総統とともに座っているのは、ものすごく太っているのですぐにそれとわかるゲーリング。ほかに一人将校がいて、フグラーがいた。「実のところ、ほとんどみんなデカい連中だったんだ。少なくとも、制服を着ているとみんなデカく見えた」とハロルドは言った。ウェイターたちが彼らのグラスに水を注いでいて、ハロルドは――彼自身も酒を飲まないのだが――ヒットラーがベジタリアンだと言われていることを思い出した。キック・クラブの支配人であるビックスは、それまで舞台裏を走り回っていたが、ハロルドのほうにやって来て肩を叩いた。モハメッドはいつものようにぐにゃりと背中を曲げて鍵盤に屈み込むのではなく、真っ直ぐに背筋を伸ばしている。そしてビックスからの合図を受け、ドラムがブラシで撫でる音を伴奏に、指輪だらけの指でピアノを叩き始めた。曲は「ティー・フォー・トゥー」。ハロルドが舞台に出る。曲の構成はこのうえないほどシンプルだ。ハロルドがソフトシューでソロを踊り、シャッフルに移る。それから第三コーラスでワースとガーナーが左右からケーキウォークで入って来て、最後に陽気な妖婦に扮するキャロルが登場する。男たちがフォーメーションを作っては散らばり、また作っているところで、踊りながらまわりじゅうに色目を使う。しばらくして恐ろしいヒットラーの顔をちらりと見たハロルドは、その表情にびっくりした。ヒットラーが深く激しい驚愕を覚えていることが見て取れたのだ。一座はストンプに移り、靴が舞台の床を打ち鳴らした。ヒットラーは轟くリズムに心を奪われ、茫然としている様子だった。ぎゅっと握り締めた両手の拳をテーブルに押しつけ、首をピンと伸ばし、口はわずかに開けている。

「オルガスムに達した男を見ているみたいだったよ」とハロルドは言った。ゲーリングは「太ったデカい赤ん坊」のようだった。手のひらで軽くテーブルを叩き、ときどき彼らしい偉そうな態度で嬉しそうに笑っていた。そしてもちろん、お供の者たちも、上司が明らかに喜んでいる様子なのを見て、感情を表に出すようになった。純然たる喜びを示そうと競い合って、ホーホーと声を出している。ハロルドは自分の成功にどうしようもなく酔いつつ、爪先でピョンピョン飛び跳ねる。あれだけ恐れおののいたあとで、驚くほど激しい歓声を受け、彼の最後の自制心も吹き飛んだ。芸の力で自分の魂を完全に支配下に置いたのである。

「いい気持ちにならないわけがないよね」とハロルドは言った。気恥ずかしそうな表情と、勝ち誇ったような喜びの表情が奇妙なほど入り混じっていた。「つまりね、あんなに夢中になっているヒットラーときたら……何だろう……女の子みたい、かな。おかしいと思うかもしれないけど、ほとんどデリケートな感じでさえあったんだ。かなり奇怪な感じでもあったけどね」。私が見たところ、彼はこの説明に満足していなかったが、間を置いてから続けた。「とにかく、やつらはみんな僕らの掌中にあったんだ。これは実にいい気分だったよ。死にそうなほど怖かっただけにね」。そして、彼は虚ろな笑い声を上げたが、私にはそれがどういう意味の笑いなのかはわからなかった。

総統はますます夢中になっていく様子だった。彼の命令で定番の芸は三度も繰り返され、ほとんど二時間も続いた。一座がお辞儀をしたとき、ヒットラーは目を輝かせ、椅子から立ち上がった。五センチほど頭を下げることで称賛を示し、腰を下ろすと、その純然たる権威がまた彼のうえに降りてきた。フグラーとヒットラーは忙しく囁き合い、部屋は静まり返った。どうしたらいいのか誰にもわからない。お供の者たちはテーブルクロスをいじったり、水を飲んだりし、当てもなく目くばせし合っている。舞台では、一座が手持ち無沙汰に腰を左右に動かしている。数分待ったあとでワースが無言の抵抗を示そうと立ち去りかけたが、ビックスが駆け寄って、彼をほかの者たちのところへ引き戻した。明らかにヒットラーはフグラーの計らいに感動した様子で、何度もハロルドのことを指さしている。ハロルドは一メートルほど離れて立ったまま、一座とともに待っている。ダンサーたちは背中で手を組み合わせている。怯えたキャロル・コンウェイは身を守るように頷きつつ、制服の将校たちに向かって小悪魔的に眉を上げたり下げたりしている。将校たちは気取って微笑み返している。

十分以上経って、フグラーがハロルドに手招きした。テーブルに来いというのである。フグラーの手は震え、唇は乾いてヒビが入っていた。目は夢遊病者のように一点を見つめている。ハロルドはフグラーが今夜ものすごい成功を収めたのだと感じ取り、そこにヒットラーが揮《ふる》う凄まじい権力が見えるように思った。そして、その権力者を懐柔したことにもう一度恐れと誇りを感じた。「あの男のことを遠くから見て笑うことはできる」とハロルドはヒットラーについて言った。「でも、近づくと、こう感じるんだ。気に入ってもらえてよかったって」。自分の言った言葉に笑ったとき、私は彼の子供っぽい顔に苦悩のようなものが見える気がしてきた。

フグラーは咳払いをし、ハロルドに向き合った。彼の態度は目に見えてフォーマルだった。「夜が明けてから詳しく話しますが、ともかくヒットラー総統はあなたに一つの提案をしたいとおっしゃっています……」。ここでフグラーは言葉を止めた、とハロルドは言った。総統のメッセージを心のなかで組み立てていたのだろう。ヒットラーは茶色くて柔らかそうな革の手袋をはめながら、彼のことを興奮した様子でじっと見つめていた。「概要は、総統があなたに学校を作らせたいと考えていらっしゃるということです。ドイツ人にタップダンスを教えるための学校を、ベルリンに作ってほしい。この学校は、総統のお考えでは、政府の新しい部局の下に設置されるので、それをあなたに管轄していただきたいのです。あなたが後任を育て上げるまでの期間で構いません。総統はあなたのダンスに深い感銘を受けられました。活発で健康的な運動、厳しい規律、そして素朴さといった要素がここに合体されており、それは我が国民にとってすこぶる有益となるでしょう。ドイツ人が全国で何百人も、おそらく何千人も、ホールやスタジアムで同時に踊る。これは精神を高揚させます。ドイツ人の健康の水準を高めつつ、鉄のような絆を強めることにもなるのです。ほかにもいろいろとありますが、総統のメッセージの要点はこんなところです」

フグラーはそう言ってから、軍人らしい厳かさをもって、ヒットラーに話が終わったことを示した。ヒットラーは立ち上がり、手袋をした手をハロルドに差し出した。ハロルドは緊張のあまり何も言えず、慌てて立ち上がるしかできなかった。ヒットラーはテーブルから一歩下がったが、突然鳥のように頭をグイッと回し、ハロルドのほうを振り返った。

そして唇をすぼめて彼に微笑みかけ、お供の者たちを従えて出ていった。彼らのブーツの音が木製の床にコツコツと音を立てた。

これを話しながら、ハロルド・メイはもちろんときどき笑っていたが、別のときには、衝撃を完全に振り払えていないのも見て取れた。それはつまり、この話に付きまとう恐ろしい特異性である。これを語っていたとき、ヒットラーが死んでまだ二年しか経っていなかった。十年以上ものあいだ我々の頭上に垂れこめていた彼の脅威は、まだ完全に消え去ってはいなかったし、いわゆる彼の犠牲者たちはまだ墓に入って間もなかった。彼はおぞましい人物であり、彼が死んで我々はみなホッとしたが、その存在は我々にとって病のようなものだった。あまりに長いこと注視しなければならなかったので、簡単にその病が治癒し、消え去ることなどなかったのである。ハロルドの芸に夢中になるくらい彼に人間味があり、芸術に対する野心さえあるというのは、居心地のいい考えではなかった。ハロルドが話を続けていくとき、私自身も居心地の悪さを抱えていたのである。ハロルドは話し始めたときとは違う人間になっていた。この話をすることで、ぐっと年を取ったようにさえ見えたのだ。

「フグラーは翌朝、また朝食時に現われた」とハロルドは言った。「完全に別人になっていたよ。クソ総統が僕に部局を与えたんだぜ！　それも直々に！　そして僕の成功によって、フグラーの階級もいくつか上がったんだ。だって、あの試演自体が彼の考えだったんだから。我々二人とも大物になっていたんだよ。次にどうするかを話し合うとき、彼は椅子に座っていられないほどだった。僕の権威は直接トップから来ているから、学校の敷地はベルリンの好きなところを選べる。ほかの部局の人間がすぐに来て、僕の給料について話し合うことになるが、少なくても年間一万五千ドルは可能だって。僕はぶっ倒れそうになったよ。キャデラックが当時は千ドルだぜ。一万五千っていったら、すごい大金だ。僕は場外ホームランをかっ飛ばしたようなもんだったんだ」

学校と巨額の給料が与えられることになって、僕はジレンマに陥った、と彼は続けた。もちろん、あっさりと国を出ることもできる。しかし、それは家や車を買えるだけの金を諦めるということだ。この金があれば、真剣に付き合える女性を見つけ、結婚することもできるだろう。彼はいよいよ深く自分のことを説明しようとしていた。「僕は重大な決意にどうも手間取るところがあったんだ」と彼は私に言った。「それに、ヒットラーが権力を得てまだ数年しか経っていなかったから、収容所とかっていう真実はまだ暴かれていなかった。その時点でわかっていたことも、かなりひどかったけどね。自分を弁護するつもりはないんだが、とにかく正直にイエスもノーも言えなかった。バルカンに戻るっていっても、そこはハリウッドじゃないんだし、アメリカでまたドサ回りをするっていうのも、あまり考えたくなかったんだよ」

「じゃあ、その申し出を受けたってことですか？」と私は戸惑いの笑みを浮かべつつ訊ねた。

「数日間は何もしなかった。街を歩き回っただけだね。誰も僕を煩わすことはなかったし。一座の連中はベルリンを楽しんでいたんだ。僕は、よくわからないけど、自分をどうしようかと心を悩ますことで、一日一日を過ごしているって感じだったかな。だって、ベルリンを歩いていても、本当に何も起きていないんだ。ロンドンやパリと変わらない。ただ、ベルリンのほうが清潔だった。あと、制服を着ている連中をよく見かけたかな」。彼は私を真っ直ぐに見つめた。「つまりね、そういう感じだったんだよ」と彼は言った。

「わかります」と私は言った。しかし、ヒットラーはあまりに恐ろしい人物だ。ヒットラーにしろ、彼のベルリンにしろ、それに惹かれたとしたら——たとえ最もひねくれた形であっても——私には受け入れられなかったろう。そして、そう考えたことで、私は自分に初めてこう問わずにいられなくなったのかもしれない。ハロルドは何か本当に恥知らずなことをしたのではないか。たとえば……あの怪物に魅了されてしまうとか？

ハロルドはドラッグストアの窓越しに街を見つめた。彼は自分の物語が他人にどう聞こえるか、本当にはわかっていないのではないか。そんなことを私は感じた。これは、一九四〇年代後半という特異な時代の雰囲気にもよる。決して全員ではないが、一部の人たちにとっては、まだ戦時中のヒロイックな反ファシスト運動の雰囲気が漂っていたのだ。パリの街角では、ナチスに抵抗したフランス人を称える石板がまだ建物に埋め込まれていた。ドイツ人によってその場で撃たれた男女を記念する石板である。しかし、もちろんほとんどの人たちは——ハロルドもその一人だろうが——こうした記念碑のことを忘れ、それが持つ道徳的かつ政治的な意義も忘れたのだ。

「続けてください」と私は言った。「次に何があったのですか？　これはすごい話ですよ」。私はできるだけ心を込めて彼に請け合った。

彼は私が褒めたことで、少しだけ心が楽になった様子だった。「えっと」と彼は言った。「四日か五日経ってからだけど、フグラーがまた現われたんだ」

フグラーはまだ興奮状態で、学校をどこにどのように建てるかという話を熱心にした。「それから」とハロルドは言った。「軽いことを話す調子でこう言ったんだ。もちろん、文化庁の重要ポストに就く方には、みんな〝人種保証テスト〟を受けていただかないといけませんって」。また皮肉な笑みを浮かべて、ハロルドは言った。「アーリア人だと保証されないといけなかったんだよ」。彼はフグラーと一緒にマルティン・ジーグラー教授の研究室に行き、通常のテストを受けることになった。

こうなってみて、ハロルドはいっそう面倒な状況へと流されていくように感じた。「説明するのは難しいんだけど、学校とかっていう話になったときから、もはやドイツを去るしかないっていうのはわかっていた。正確にいつ、どのように去るかはわからなかったけどね。でも、テストされるっていうのは、僕を別の状況に追い込むように思えたんだ。だって、僕は彼らを欺いてきただろう？　つまり、彼らはそれを材料にして、僕を責めることができる。パスポートがあろうとなかろうと、僕は敵であり、敵はどうにかしなきゃいけないって主張できるんだ。だから、暴力の匂いがぷんぷんと漂ってくる感じだったよ」

しかし、彼は逃げなかった。なぜかと私に問われても、「わからない」としか彼は言わない。「たぶん、何が起こるんだろうって、じっと待ってる感じだったんだろうな。それにさ、お金のことが頭にこびりついていたんだよ。とは言っても――」。ここでまた彼は言葉を呑み込んだ。この説明では満足できなかったのだ。

　ともかく、フグラーの車に乗り込んで、彼は恐怖を感じ始めた。ヒットラーと個人的に接触し、彼に気に入られただけに、いっそう危険な立場に追い込まれたように感じたのだ。「これってほとんど……何て言うか……彼に見られているみたいだった。おそらく会ってしまっただけに、握手までしてしまっただけに」と彼は言い、自分がヒットラーに対して漠然とした義務感を抱いていたことを示唆した。ヒットラーは結局のところ、彼のパトロンとなるはずの人物だ。その人物を彼は欺いたのだ。

　いまハロルドを見て、状況が単純になったのだとわかった。彼の心にはいろいろな感情が渦巻き、自分でもそのことに当惑していたはずだ。しかし、その下にある真っ直ぐな線を私は見ることができたように思った。ヒットラーが彼をあそこまで心から評価したのだ。ある意味、彼を愛し、少なくとも彼の才能を愛し、どこの誰よりも彼を厚遇しようとした。あのときの演技は、彼の芸の、彼の人生の絶頂だったのではないかと思う。彼はあのとき摑んだものに捕らわれたまま生きているのだ。結局のところ、彼はスターにはならなかったし、おそらくあのとき顔に浴びた魔力の光の熱を二度と感じることなく、生きていくのだろう。

　フグラーの隣りに座ってテストに向かう車中、窓から大都市を見つめ、街路の人々がしている日々の営みを見ながら、ハロルドは自分が見ていることすべてに意味があるように感じた。突如、窓の外の景色が絵画になったかのようだった。すべてが何かを意図して描かれたかのようなのだ。しかし、何を？「考えずにいられなかったよ」と彼は言った。「みんな、こんなふうに感じるものなのかって。自分が金魚鉢のなかで泳いでいて、誰かさんがうえから見下ろしてるんじゃないか。気にかけてくれる誰かさんがね」

私は自分の耳が信じられなかった――ヒットラーが気にかけてくれる？

ハロルドの目には涙がたまってきた。自分の隣りにゆったりと座って、イギリス製の煙草を吸っているフグラーを見たとき、それから街を歩いている人々を見たとき、彼はこう感じたのだと言う。「すべてがクソみたいに普通だったんだ。たぶん、それだからあんなに恐ろしかったんだろう。夢のなかで溺れているのに、ほかの人たちは数メートル離れた海岸でトランプをしているみたいなんだ。つまり、僕は鼻を計測されたりペニスを検査されるために車で向かっているけど、このことも完全に普通なんだよ。こうした人たちは月世界の人間ってわけじゃない。冷蔵庫を持っている人たちなんだ！」

初めて怒りの感情が表に出てきたように思えたが、特にドイツ人に対してではないようだった。むしろ、超越した状況、定義しようのない状況に対する怒りだった。もちろん、彼の鼻は小さい——獅子鼻だし、ペニスの包皮切除は当時ドイツ人のあいだでも普通になっていた。したがって、身体検査に関して彼が恐れるべきことはほとんどなかったのだ。私の思考を読んだかのように、彼はこう付け加えた。「テストを恐れてたってわけじゃない。でも……わからない……自分がこんなクソみたいなことに巻き込まれるっていうのが——」。彼はまた言葉を呑み込んだ。また自分の説明に満足できないのだろうと私は思った。

優生学のジーグラー教授の研究室は近代的なビルのなかにあった。壁には重そうな医学書がびっしりと並び、ガラス棚のなかにはさまざまな頭——中国人、アフリカ人、ヨーロッパ人など——の石膏像が置かれている。部屋を見回して、ハロルドは死んだ観客に囲まれているような感じがした。教授自身は小柄で近眼で、媚びへつらうタイプの学者に見えた。身長はハロルドの腋の下にも届かないくらいである。教授は急いでハロルドを招じ入れて椅子に座らせ、フグラーは控え室で待つことになった。教授はノート、鉛筆、万年筆などを集めながら歩き回り、靴が白いリノリウムの床にカチコチと音を立てた。歩きながら、教授はハロルドに「数分で終わります」と請け合った。「それにしても、あの話は素晴らしい。あなたの学校の話は」

　こうして教授は高いスツールのうえに腰かけ、ノートを膝に置いて、ハロルドに向き合った。まずは彼の目が申し分なく青く、髪が金髪であることを確認する。さらに彼の手のひらを上に向けさせ、何らかの証拠を捜している様子だったが、しばらくしてから言った。「では、計測をさせていただきます」。大きな真鍮のカリパスを机の引き出しから取り出し、一方をハロルドの顎の下に、他方を頭のてっぺんに当てて、そのあいだの距離を測った。頬骨の幅、鼻梁から額までの高さ、口と顎の大きさ、鼻と耳の長さ、そして鼻の先端と頭頂と比較した鼻と耳の位置関係なども調べた。革張りのノートにそれぞれの長さが慎重に図示されていく間、ハロルドはじっと座って考えていた。気づかれずに列車の時刻表を入手するにはどうしたらいいだろうか。そして、その晩急いでパリに発たなくてはならないという当たり障りのない理由をどうやって作ろうか。

　テストは全部で一時間ほどかかった。ペニスの検査も含まれていたが、包皮切除はされていたものの、教授の興味をあまり引かない様子だった。教授は片方の眉毛を吊り上げ、前のめりになってペニスをじろりと見つめた。「鳥が虫を目の前にしたみたいな感じだったな」とハロルドは笑った。教授はついに机に広げたノートから顔を上げ、職業的な自画自賛の断固たる響きを声に込めて言った。「あなたがアーリア人のとても強固な、はっきりとしたタイプであることを結論といたします。あなたの成功をお祈りいたします」

フグラーはもちろん、この点についてまったく疑念は抱いていなかった。この驚くべき計画の提案者として政権から認められたいま、いかなる疑念も抱きようがなかったのだ。

フグラーの滑らかな訛りを真似しつつ、ハロルドは帰りの車でいかに彼が熱狂していたかについて語った。「タップダンスがドイツを変えるんだって、まくし立ててたよ。生産者や軍人の共同体というだけでなく、芸術家の共同体にもなる。芸術こそは人間精神の最も高貴で、最も長続きするものだってね」。フグラーはハロルドのほうを向いて続けた。

「一つ申し上げておきたいことがあります、ハロルド。そうお呼びしてよろしいですよね？」

「ええ、もちろん」

「ハロルド、この冒険が——冒険と呼んでよろしければですが——このように輝かしい結果に至ったことで、私は芸術家が文章や絵画を完成させたときのような気持ちになっています。あるいは、どんな作品でもいいのですが。ともかく、自分を永遠に残る存在にしたっていう感じですね。気恥ずかしい思いをさせていたら申し訳ありませんけど」

「そんなことはありません。あなたの言うことはよくわかります」とハロルドは言ったが、心は完全にここにあらずだった。

ホテルに戻り、ハロルドは彼の部屋に集まっていた一座のメンバーたちに出迎えられた。彼の顔は怯え、真っ青だった。三人のダンサーを座らせてから言った。「ここを出るぞ」

コンウェイが言った。「大丈夫？　真っ青よ」

「荷造りしろ。午後五時の列車に乗る。いまから一時間半後だ。パリにいる母親が重い病気になった」

ベニー・ワースの眉毛が吊り上がった。「君のお母さんがパリに？」それから彼はハロルドの目つきに気づき、三人のダンサーは一斉に立ち上がった。そして一言も発せず、自分の部屋に荷造りしに行った。

ハロルドが予期していたように、フグラーは簡単に諦めようとしなかった。「フロント係が彼に電話したに違いないんだ」とハロルドは言った。「だって、僕たちが鍵をかけようとしたときに、もう彼は来ていたんだよ。僕たちの荷物を見渡し、天災に見舞われたかのような顔をしていた」

「何をしているんですか？　ここを立ち去るなんてあり得ません」とフグラーは言った。

「何が起きたんです？　総統と夕食をしていただく予定もあるのですよ。それを断るなんてとんでもない！」

コンウェイはたまたまそばに立っていたので、フグラーの前に進み出た。恐怖のあまり彼女の声は半オクターブほど上がっていた。「わからないんですか？　ハロルドはお母さんが亡くなるんじゃないかって怯えているんです。それほどのお年寄りではありません。だから恐ろしいことが起きたに違いないんです」

「パリの大使館に連絡を取ります。誰かを送ってくれるでしょう。ここにとどまってください！　こんなのあり得ない！　お母様の住所は何ですか？　お願いです、住所を教えてください。そうしたら、医者に診察させます。こんなこと、あっちゃいけないんだ、メイさん！　ヒットラー総統があのように喜ばれたことは……」

「僕はユダヤ人なんです」とハロルドは言った。

「フグラーは何て言いました？」と私はびっくりして訊ねた。

ハロルドは私の興奮に巻き込まれた様子で顔を上げた。私はこれこそがこの物語の要点なのではないかと思った――ドイツからの脱出だけでなく、ヒットラーとの関係からの脱出を語ること。その喜びが、少年のようにニタニタと笑う彼の顔に――頭髪の真ん中の分け目のところまで——広がった。

「フグラーは〝初めまして〟って言ったよ」

「初めまして！」私は完全に面食らって、もう少しで叫ぶところだった。

「本当にそう言ったんだ、〝初めまして〟って。圧搾空気を胸に吹きつけられたみたいに半歩下がると、〝初めまして〟って言い、手を差し出した。口をあんぐりと開け、顔は真っ青だった。いまにも気絶するか糞でも漏らすんじゃないかって思ったよ。ちょっと気の毒に思ったくらいだ……僕は握手までしたからね。それに、怯えているのがわかった。幽霊を見たみたいだったよ」

「〝初めまして〟って、どういう意味なんだろう」と私は訊ねた。

「はっきりとはわからない」とハロルドは真剣な表情になって言った。「よく考えたけどね。彼の表情ときたら、僕が天井から目の前に落ちてきたみたいだった。そして、明らかに怯えているんだ。明らかに。ものすごく怖がっていた。それは理解できるよね、ユダヤ人をヒットラーの目の前に連れて行ったんだから。彼らにとってユダヤ人は病みたいなものなんだ。もっとあとになるまで、そのことを本当には理解できなかったけどね。でも、彼が怯えていたのは、ほかにも理由があったんじゃないかと思う」

彼は少し間《ま》を置き、空になったソーダのグラスを見つめた。窓の向こうでは、会社員たちが歩道に群がり始めていた。一日が終わろうとしているのだ。「ブダペストで会ったときと比べると、彼は、何て言うか、僕にすごく親しみを感じ出していたんじゃないかと思うんだ。性的な意味じゃない。彼にとって、僕はヒットラーに近づくためのチケットだった。これは、重要人物しか手に入れられない。それに、新しい学校のトップの地位が、彼に割り当てられていた。つまりね、僕はある意味で権力を摑んだんだよ。テストのために教授のところに連れて行かれたとき、そのことに気づき始めた。車のなかで、フグラーは僕のことをずっと偉い人に接するみたいに扱っていたしね。そして僕がユダヤ人ではないと教授が言ったとき、フグラーはもう別人に変わり始めていたんだ。僕のしもべみたいに。これって、ちょっと悲劇的だったよ」

「いいかい」とハロルドは続けた。「これは収容所のこととか、我々が知る前のことだったんだ」そう言って彼は黙り込んだ。

「どういう意味ですか?」と私は訊ねた。

「何でもないよ。ただ……」。彼は言葉を呑み込んだ。そして、少ししてから私を見つめて言った。「本当言うと、彼はそんなに悪いやつじゃなかった。フグラーのことさ。ただ、頭がおかしかった。すごくおかしかった。やつらはみんなそうだったんだ。国じゅうがね。はっきり言って、多くの国がそうだった。ある意味で。ベルリンがさんざん爆撃されて、町じゅうが粉々になったのを見たとき、僕はあのときのことを思い出したよ。歩道にキャンディの包み紙一つないくらいきれいだったってことをね。それで、こんなことを自分に問いかける。どうしてあんなことがあり得たんだ？　何が彼らをあんなにしたんだろう？　それは何なんだ？」

彼はまた間を置いた。「彼らの弁護をしているわけじゃない。でも、僕に会ったこともないような顔をして、彼が〝初めまして〟って言ったとき、僕はこう思った。この人たちはまさに夢を見ていたんだって。ところが、突如としてこのユダヤ人が現われた。これまで普通の人間だと思っていたのに。こう言ってもいいのかもしれない。夢が四千万人を殺したんだって。本当のところ、我々みんなそうなんだ――夢を見ているんだ。ドイツを離れて以来、そんなことをずっと考えていた。帰国して十年以上になるけど、まだ考えている。つまりね、ドイツ人ほど実際的な問題にこだわる民族はいない。靴紐の先まで現実的な民族だ。それでも夢を見た結果、国を瓦礫の山にしちゃったんだよ」

彼は窓越しに街路を見つめた。「街を歩き回っているときとかに、考えずにいられないんだ。我々が彼らと違うって言えるか？　我々だって何らかの夢に捕らわれているんじゃないか？」それから、道を行き交う群衆を手振りで指し示しつつ言った。「彼らの頭にあること、信じていること。それがどれだけリアルかって誰に言える？　いまの僕には、みんなが歩く歌であり、歩く小説のように見える。そして、誰かが誰かを殺したときだけ、リアルに感じられるんだ」。しばらく二人とも口を開かなかった。それから私は訊ねた。

「それで、うまく脱出できたのですか？」

「ああ、問題なかった。たぶんやつらも嬉しかったんだろう。我々が悪い評判を立てる前に消えてくれて。我々はブダペストに戻り、しばらく巡業して回った。それからドイツがプラハに侵攻したんで、アメリカに戻ったんだ」。彼は背筋を伸ばし、立ち上がろうとした。そのときふと私は思った。三十分前に初めて会ったとき、彼はいかに実際よりも若く見え、いかに目立たない存在だったか。トウモロコシ地帯から出て来たばかりの田舎者のようだった。実際は、失敗によって目のまわりに皺が寄っているのに。彼が手を差し出し、我々は握手した。「この話が気に入ったら、使ってください」と彼は言った。「みんなに知ってもらいたいんだ。君が自分で考えて、好きなようにしてくれていい」。それから彼は立ち上がり、街に出て行った。

その後、彼とは一度も会わなかった。しかし、この五十年間、あの物語は私の心に百回以上浮かんでいる。そしてどういうわけか、私はいつもそれを心の奥底に押し戻している。おそらくもっとポジティブで、希望のあることを思い描きたいからだろう。もちろん、それもまた夢を見ることである。それでも私はこう考えたい。たくさんの良きことが夢を見ることから生まれてきたのだ、と。

ビーバー

Beavers

いつもはコップの水のように静かな池がいま音を立てた。男が近づいたとき、パシャッという水音がした。カエルや魚が飛び跳ねたのよりもずっと重い音。それから水面は静まっていき、いつもと同じ鏡の表面のようになった。男は待ったが、沈黙が続くだけである。彼は生き物の気配を捜しつつ畔《ほとり》を歩き、それから立ち止まって耳を澄ました。池の向こう側にある木の切り株を目が捉えた。そこまで行くと、ポプラの木が倒され、枝先や切り株がかじられているのがわかった。彼の土地にビーバーがいるのだ。よそ者が彼のプライバシーを侵害している。池の畔を見回して、昨夜一晩のあいだに倒された木を数えた。六本。続く二十四時間で畔の傾斜面は荒れ地の様相を呈するだろう。さらに数日すると、ブルドーザーが通り過ぎたように見えるのではないか。何年ものあいだ池に寄り添ってきた美しい森をなぎ倒してしまうのだ。ずっと昔、彼はホイットルシーの屋敷の森が破壊されたのを見て驚愕したことがある。少なくとも十エーカーはある森が、第一次世界大戦中に砲撃を受けたアルゴンヌの森のようになったのだ。彼の背後にある緑の木々は、彼が守るべきものだ。

水面にまた目を向けると、ちょうど齧歯類の動物の頭を目撃した。平たくなって水面を泳いでいく。その動物が池の向こう側の狭《せば》まっている端にたどり着くまで、彼はじっと見つめていた。動物は平たくしなやかな尻尾を空に向けて光らせ、水面をパシャッと叩いて、水中へと消えていった。岸辺にもっと近づくと、空を映し出している透明な水面のすぐ下に、巣の輪郭が見えた。信じられない。昨晩のうちに作ったに違いない。前日、彼はちょうどその場所で泳ぎ、そこには何もなかったのだから。驚きで背筋が凍りついた。不法侵入にほかならない。彼はずっと昔、ビーバーの糞には毒があると読んだことを思い出した。彼とルイーザは三十年間ここで泳いできたのだが、もう泳げない。ここの水は砂と粘土を通して湧き上がってくるので澄み渡り、かつては飲料水にも適していると判定された。そのきれいな水のなかで泳ぐことを楽しんできたのに。

彼は家に急いで戻り、猟銃と一箱の弾丸を見つけた。そしてまた急いで斜面を下りて池に戻り、ぐるりと回って巣のところに行った。太陽が低くなったので、巣の構造が見て取れた。ビーバーは倒した木から細い枝を取り、それを池の底から取った泥で固めて、壁を作っている。おそらくその内部に作った棚の上でいま休んでいるのだろう。男は巣に当たらないように狙いを定め、水面に向けて撃った。バーンという音が反響し、光の粒がぱらぱらとちらばった。男はしばらく待った。数分後、ビーバーの頭が現われた。戦いを予期し、彼は銃を装塡して待った。ビーバーを殺さずに、ただ危険を悟らせて、よそに移ってもらおうと思っていた。もう一度撃った。平たい尻尾が弓なりに持ち上がり、それから潜った。男は待った。数分後、また頭が現われ、ビーバーは泳ぎ出した。おそらく不安を感じているのだろうが、自信満々という様子で、池を真っ直ぐに突っ切っている。向かう先は、対岸から一、二メートル突き出ている、三十センチほどの排水パイプ。そこにたどり着くと、挑戦するかのように——それとも、ほかの感情からか？——ビーバーは岸辺に茂っているハシバミの木を引き倒し、それを顎にくわえて泳いでいった。排水パイプに戻ると、その木を持ち上げてパイプに詰め込む。さらに潜り、草と泥を抱えて浮き上がると、それをパイプのなかのハシバミの木の上に詰めた。ビーバーは排水を止めようとしている。池の水位を上昇させたいのだ。

この熱心な仕事ぶりを対岸から見つめている男は、ただ当惑した。しゃがみ込み、目の前の謎について考えた。伝統的な分析では、ビーバーのダム造りは小規模な流れを堰き止めるためのものだ。そうして池にしたところでビーバーは巣を作り、天敵から身を守って、子供を育てるのである。このビーバーの作業のために広い地域の森が荒らされる。巣作りのために細い枝を取り、倒した木の幹から取った繊維素のうえで生活するのだ。しかし、このビーバーにはすでに深い池があり、そこで巣作りできるじゃないか。実際、もう巣を作った。どうしてパイプを詰まらせ、排水を止め、水位を上昇させる必要があるのだろう？　こうした作業は技術的に立派なものだが、この場合はまったく意味がない。仕事をするビーバーを見ているうち、男は自分が目撃しているものに対して悲しい気持ちを抱いていることに気づいた。そして数分後、自分は自然を信頼しすぎていたのだろうかと考えていた。自然こそが堅固な論理と秩序の究極の源であり、無分別な人間だけが、その貪欲さと浅薄な愚かさによってその論理と秩序を裏切る——そんなふうに考えていたのではないか。しかし、このビーバーの振る舞いは愚かだ。完璧な池がすでにできているのに、そこに池を作ろうとしている。男はもう一度、歓迎されていないということをビーバーに思い知らせるため、かなり近くに照準を定めて撃った。尻尾が浮き上がり、水を叩いて、あの愚か者は消えた。数分後、ビーバーはまた水面に現われ、排水パイプを詰まらせる作業に戻った。この頑固さを目の当たりにして、男は体から力が抜けていくような感じがした。この絶対的な熱意は、自分の際限なく疑ってしまう性質や、すぐにぐらつく信念の対極である。自分には専門家のアドバイスが必要だ。何らかの形で、あの動物には消えてもらわないといけない。

薬屋の息子、カール・メレンキャンプこそ、彼が必要とする人物だった。カールが子供の頃から知っていて、彼がいまのような巨大な男になるのを目撃してきた。いま二十代後半で、身長百八十センチを超え、体重もおそらく百キロあるだろう。足取りはよたよたとしているが、弓術家のようながっしりした拳と、石工のような執拗な目つきの持ち主だった。縁を丸め上げた麦藁帽をかぶり、その左側を少し上げている。少なくともこの十年、あるいはもっと長いこと、暑くても雪が降ってもそうだった。カールは石垣を積み上げたり、ベランダや庭の道を作ったり、銃や弓で狩りをすることで生計を立てていた。その日の午後遅く、白いダッジのトラックでカールが現われたとき、男は責任の重荷が自分の肩からカールの肩へと移ったように感じた。

二人はまず排水パイプを見に行った。カールは自分のライフルを抱えていた。澄んだ水を通して、水中に泥の山が見えてきた。ビーバーがパイプのところに泥を円錐形に積み上げ、パイプの口まで届くようにしているのだ。「こいつはパイプにしっかりと蓋をしようとしてるんだ」

「でも、どうしてそんなことをするんだろう？　もう池があるのに」と男は言った。

「今度会ったら訊いてみてください。こいつは殺さないといけない。雌の番《つがい》もだ」

男はダムのうえに立って、首を振った。「怖がらせて追い払う手立てはないかな？……それに番は見たことないよ」

「いるはずですよ」とカールは言った。「まだ子供なんでしょう。ホイットルシーの池のビーバーたちから追い出されたんですよ。二歳か三歳かな。新しい家族を作ろうってところです。ここにとどまるつもりですよ」。カールは池の対岸にある松の木立に向かって手を振り、「あの木々にもさようならのキスをしたほうがいいでしょうね」と言った。その木々は、四十年前、男が苗木で植えたものだった。

「ビーバーを殺したくないよ」と男は言った。

「僕だってしたくありません」とカールは言い、立ったまま目を細めて水のなかを覗き込んだ。それから背筋を伸ばして言った。「おしっこをしてみましょうか」

太陽はほぼ沈んでいた。長い影が池に向かって伸び、青い空が暗くなりつつあった。カールはダムに沿って歩き始め、ビーバーの巣のあるところまで行き、その近くの地面に向かって排尿した。それから男のところに戻り、首を振りながら言った。「効果があるかどうかわからないですけど。あれだけ入れ込んで巣を作ったわけだから」。パシャッという水音が聞こえ、池の端からビーバーが――あるいは、そのうちの一匹が――現われた。池から這い上がると、カールが尿をした地点から一メートル程度のところを歩いて行った。人間の匂いをまったく意に介していないようだった。

「駄目でしたね」とカールは囁いた。「あいつが水から出て来たときにやっつけますよ。いいですよね？」

男は頷いた。殺しという不快ながら痛烈な喜びが体を巡った。「ところで」と彼は皮肉っぽい笑みを浮かべて訊ねた。「それは合法なのかな？」

「今年からですけど」とカールは言った。「ついにやつらは害獣だと認定されました」

「罠で捕まえるっていうのは？」

「罠は持ってないんですよ。それに、捕まえてどうします？　誰も欲しがりません。毛皮を扱う男は知ってますけど、どうせビーバーはもう守られてないですから」

「そうか、しょうがない」と男は同意した。

「動かないで」とカールは囁き、身を沈めて片膝をついた。ライフルを肩まで持ち上げ、打ち金を起こして狙いを定める。ビーバーがちょうどダムの側面をのぼろうとしているところだ。そのときビーバーは突如として踵を返し、のぼってきた斜面を速足で下りて、水のなかに滑り込んだ。カールはまた立ち上がった。

「どうしてわかったんだろう?」と男は訊ねた。

「ああ、わかるもんですよ」とカールは言い、ビーバーの知恵について偏屈な狩人が抱くようなプライドを見せた。「ここにいて、動かないようにしてください」。彼は陰謀を企むような静かな声で言った。「水中にいるビーバーを撃ちたくない。沈んでしまったら、回収できなくなりますから」。それからダムに沿って歩き出し、巣のある対岸まで行った。石を蹴ってビーバーを驚かせないように、足をぺったりと地面につけている。ライフルは片手でそっとバランスを取っている。

巣の正面の水際には葦が密生し、水中から生えているものもあった。カールは慎重に葦の真ん中に体を滑り込ませ、しゃがみ込んで、ライフルの台尻を腿のうえに置いた。男は五十メートルほど離れたダムの中心部からそれをじっと見ていた。ビーバーがまた出てくると、どうしてカールにわかるのだろう。そんなことを考えつつも、カールが本当にビーバーを殺したいとは思っていないことが嬉しかった。

数分経った。男はじっと立って見つめていた。葦の隙間から、カールがライフルをゆっくりと持ち上げたのが見える。銃声の反響が水面を渡って轟いた。カールは素早く浅瀬に足を踏み入れると、ビーバーを拾い上げ、尻尾を持って葦の茂みから出て来た。男は急いで見に行った。カールは右手にライフルを持ち、左手でビーバーの死体を持ち上げて彼に見せた。それから唐突にビーバーを草のうえに落とし、池に向かって戻って行った。銃を上げ、対岸に向かって撃つ。「あれが雌です」と彼は言って、銃を男に渡した。速足でダムを下り、池の端をくるりと回って、対岸の途中まで行く。そこで水のなかに手を伸ばし、ビーバーの番《つがい》を拾い上げた。

家の車回しに停めたトラックの荷台に、カールは二体のビーバーを積み込んだ。男はカールがそのうちの一体の毛を撫でるのを見つめていた。「友達にこれをどうにかしてもらいますよ。きれいな毛皮だから」

「どうにもわからないんだが、ビーバーは何を考えていたんだろう?」

カールは何かに寄りかかるのが好きな男で、このときは片足を上げ、後輪のハブにもたせかけていた。お気に入りの麦藁帽を脱ぎ、汗で濡れる頭を掻きながら言う。「何か考えていたんでしょうけどね。人間と同じですよ、動物も。想像力があるんです。何かを想像して、考えてたってこと」

「すでに池はあるんだからね。堰き止めてどうする？」と男は訊ねた。

カールはこの問題に関心を抱いていないようだった。自分がこの問題の解答を見つけるべきだとは考えていないのだ。

それでも男は問いかけ続けた。「パイプを流れている水の音に反応しただけなのかな？」

カールは面白がって言った。「うん、そうかもしれませんね」。しかし、信じてはいない様子だった。

「言い換えると」と男は言った。「たぶんパイプを詰まらすことと、池の水位を上げることには、何も関係がないんだ」

「そうかもしれません」とカールは真剣になって言った。「特に、もう巣は作ったわけですからね。すごく妙です」

「水の流れる音にいらいらするのかもしれない。音が嫌なんだ。耳によくないのかも」

「だったら面白いですよね。それに、ビーバーに目的があるって我々が考えたがることも」。彼はその考えが気に入り始めた様子だった。

「たぶん目的なんかないんだよ」と男はその可能性に興奮して言った。「ビーバーはただ音を止めようとする。それから振り返って、水位が上がっているのに気づく。でも、彼らの頭のなかでは両者につながりがないんだ。ただ水位が上がるのを見て、そこに巣を作ることを思いつく」

「じゃなきゃ、ほかにすることがないんで、パイプを詰まらせる」

「そうそう」二人は笑った。

「一つのことをして」とカールは言った。「それが次にすることにつながる」

「そう」

「僕にはよくわかりますよ」とカールは言った。それからトラックのドアを開けて巨体を運転席に持ち上げ、窓から男を見下ろした。「僕の人生ですけど」と彼は言ってから笑った。「僕は教師になろうとしたんです、ご存じのとおり」

「覚えてるよ」と男は言った。

「それから、セメントが好きになりましてね。気づいたら、そこらじゅうで石を積み上げてました」

男は笑った。カールは窓から手を振りながら去って行った。トラックの荷台には、毛に包まれた二体のビーバーの死骸が揺れていた。

男は池に戻った。池はまた彼のものとなり、誰にも邪魔されることがなくなった。その静かな水面に月光が白い軟膏のように広がっている。明日になったら、パイプからゴミを取り除かなければならない。岸辺から巣まで届くくらいのバックホーを持っている人に来てもらい、巣を泥のなかから引っ張り出してもらおう。巣は泥にしっかりとはまっているかもしれない。

彼は自分がずっと以前に作った木のベンチに座った。この小さな砂浜からいつも池に入り、泳いだものだ。排水パイプを通る水の音が聞こえる。ビーバーがゴミを詰めたが、その隙間から少しずつ流れているのだ。

ビーバーは何を考えていたのだろう？　この疑問がささくれのように心に引っかかっていた。というか、ビーバーに心はあるのだろうか？　単に鼓膜が刺激されたからというだけなのだろうか？　心があるなら、未来を想像できるだろう。何らかの幸せな気持ちがあったはずだ。パイプを詰まらせたときの達成感。自分の努力の結果、水位が上がっていくことを思い描いて。

しかし、無益で愚かな行為だ！　自然界の理法に矛盾している。自然界は、たとえばキリスト教の司祭やユダヤ教の律法学者、あるいは大統領やローマ法王などと同じように、愚かしさを受けつけないはずではないか。こうした存在はタップダンスをしたり、口笛を吹いたりすることで、時間を費やしたりしないのだ。自然界は真剣なのであり、喜劇や皮肉とは無縁である。結局のところ、充分に深い池がすでにあったのに、どうしてビーバーはそれを無視できたのだろう？　そしてなぜこのことを考えるとこんなに苛立たしいのだろう？　それは、自分が人間は無価値だと感じているためだろうか？　これについて考えれば考えるほど、ビーバーには感情があるのだと思われてくる。単なる盲目的な本能だけでなく、個性、あるいは考えさえもあるのではないか。すべてを圧倒する本能が、まったく意味のない行為へとビーバーを駆り立てているのではなく。

あるいは、そこには隠された論理があるのに、彼のような想像力に乏しい人間には理解できないのだろうか？　ビーバーには、池の水位を上げることとはまったく異なる衝動があったのだろうか？　しかし、何だろう？　何があり得たのだろう？

それとも、ビーバーの頭のなかには、体を動かす喜び以上のものはなかったのだろうか？　自分が若いという喜び、何百万年も繰り返してきたことを簡単にできるという喜び以上のものは？　ビーバーは極端なほど社会性のある動物だと彼は知っていた。パイプを詰まらせてから、あのビーバーは巣で眠っている番《つがい》のところに戻ることを思い描いたかもしれない。そして、自分が池の水位を上昇させていることを、何かしらの合図で知らせるのだ。雌のほうも何らかの感謝の気持ちを伝えたかもしれない。それは、自分がより安全に暮らすために、雌がずっと雄にしてほしいと思っていたことだった。池の水がすでに充分に深いということは、雄と同様に雌にも、まったく思いつかないのだろう。重要なのは考え自体である。おそらく愛に基づく考え。動物たちも愛する。あの雄は愛のためにパイプを詰まらせていたのではないか？　結局のところ、真実の愛は「愛」以上の目的を持たないのだから。

それとも、もっとずっと単純なのではないか？　あの雄は朝起きて、無限の喜びを胸に、澄んだ水を泳ぎ始めただけなのだ。そのとき、まったく偶然に、排水口に流れ込む水の音を耳にする。そして、その愛しい水の音を摑みたいという思いでいっぱいになり、そちらに泳いでいった。水を何よりも愛していたし、そのチョロチョロという音を摑むだけにしても、それと一体化したいと望んでいたから。

そしてその結果、予期せぬ死を迎えることになった。あのビーバーは死の存在を信じていなかったのだ。池に向かって銃が撃たれたときも、逃げはせず、潜ってからまた数分後に浮き上がってきただけ。まだ若く、自分が死ぬとは思っていなかったのである。

この答えのない問いにうんざりしてきて、男は満足できぬままに水辺にとどまった。あの木々が荒らされることも、池の水がビーバーの糞の毒で汚染されることもなくなった。そのことでホッとしていたので、ビーバーを殺したことは――悲しくはあっても――後悔していない。複雑で美しい動物ではあるけれども、しかたのないことだ。しかし、ビーバーが排水パイプを詰まらせる目的がはっきりすれば、もっと本当に満足できただろう。その秘密がビーバーとともに死んだのでなければ――このことが彼の気を滅入らせていたのだが――あのような問題は最初からなかったように思えたのではないか。そして、そもそも完成した池などなく、狭くて蛇行する小川があっただけなら、物事はもっとずっと好ましい展開になっただろう。彼はそんなことを想像した。その場合、ビーバーはその知恵をもって水を堰き止め、巣が作れるくらいに広くて深い池を作る。すべてが有用だという点ではっきりとした意味が見えるだけに、周囲の木々が必然的に破壊されても、もっと落ち着いた気持ちでそれを見ることができたはずだ。そして、あのビーバーを悼む気持ちは——その死を自ら目論んだにしても——もっと素直なものとなっただろう。そうなれば、少なくとも何かが完結し、完璧に理解され、だからもっと単純に忘れていいように感じられるのではないか？

裸の原稿

The Bare Manuscript

キャロル・ムントは机のうえに寝そべっていた。肘で体を支え、『ユー』誌の料理の記事を読んでいる。身長は百八十センチ、筋肉と骨と腱とで七十キロの体重があるが、腹はほんの少し膨らんでいるだけ。サスカチュワン（カナダ中南部の州）では体の大きさで目立つことはなかったろうが、ここニューヨークではそうはいかない。彼女は骨盤のあたりの凝りをほぐそうと体をずらした。クレメントに「動かないで」と言われ、またじっと動かなくなる。彼の息遣いが荒くなり、ときどき鼻をすするのが、頭のすぐ後ろで聞こえる。

「座りたければどうぞ」とクレメントは言った。彼女は転がって横向きになってから、起き上がって座る姿勢になり、脚を机の端からぶらつかせた。「ちょっと時間をください」と彼は言い、「これを消化しないといけないので」と冗談っぽく付け加えて、にこやかに笑った。それから赤い革の肘掛け椅子のところに行き、屋根窓の目の前に座った。そこからはアップタウンの方向に二十三丁目くらいまで見える。彼は椅子でくつろぎ、溜め息をつきつつ、陽光の射す屋根の連なりを眺めた。彼の住んでいる家は、倉庫を改造した建物や新しめのアパートが並ぶ街区《ブロック》で、最後に残ったブラウンストーンの建物である。キャロルは声をかけるべきではないと悟っている様子で、頭を前に垂らし、緊張をほぐしていた。それから机を滑り降りたが、尻が木から離れるときにシュッという音がした。広い書斎を横切っていき、小さなバスルームに入る。そこで座り、『タイムズ』紙のミートローフのレシピを読む。三分か四分後、薄いバスルームのドア越しに「オーケー！」という声が聞こえてきたので、机に急いで戻った。そして、またうつぶせに寝そべったが、今回は片手の甲に頬を載せ、目を閉じた。すぐにマーカーが腿の裏側で優しく動くのを感じ、それがどんな文字を書いているのか想像しようとした。彼は彼女の尻の左側から始め、興奮の高まりを表わす唸り声を何度も上げた。彼から手術を受けている患者よろしく、彼女はぴくりとも動かず、彼の気を散らさないようにしていた。彼はどんどん書く速度を速め、ピリオドやiのうえの点を打つときなど、彼女の肉に深くマーカーを食い込ませた。息遣いはさらに荒くなり、それを聞いて彼女は自分が選ばれた人間なのだと再び思い出した。本の表紙によると、彼は三十歳にもならずにたくさんの賞を受賞した作家で、おそらくは金持ちである――もっとも、この家の家具は調和していないし、かなりくたびれているのだが。ともかく、彼女はその天才作家にこのような形で奉仕し、助けているのだ。彼女は彼の精神の力が、大きな手のように自分の背中にのしかかってくるのを感じた。それはまるで重量と形を持つ本物の物質のようで、彼女は名誉な気持ちと達成感を抱かずにいられなかった。そして、彼の広告に思い切って応えてよかったと思った。

クレメントはいま彼女のふくらはぎに書いていた。「雑誌を読みたければ構いませんよ」と彼は囁いた。

「ちょっと休んでいるんです。うまくいってます？」

「ええ、素晴らしいです。動かないで」

マーカーが足首のところまできて止まった。「仰向けになってください」と彼は言った。

彼女は転がって仰向けになり、彼を見上げた。

彼は彼女の体をうえからじっと見つめた。彼女の顔に気恥ずかしそうな笑みが浮かんだのに気づいた。「こういうのが嫌じゃないですか？」

「全然」と彼女は言った。甲高い声で思わず笑い声を出したが、仰向けだけに、その笑い声でむせそうになった。

「ならよかった。あなたはものすごく僕を助けてくれています。ここから始めようと思いますが、いいですか？」彼は彼女の丸くて張りのある乳房のすぐ下に触った。

「どこでもいいですよ」と彼女は言った。

クレメントはメタルフレームの眼鏡を押し上げた。彼はこの大柄な女性よりも頭半分ほど小さい。彼女の情のこもった大笑いは、彼女なりの照れ隠しなのだろう。しかし、空っぽな楽天主義と田舎者っぽくて煩わしい善良さは、特にそれが女性に現われると、彼の困惑の種となった——彼女のことが男性のように感じられてしまうのだ。彼は断固とした態度を取る女性を尊敬していたが、それは距離を置いての敬意にすぎず、むしろ妻のリーナのようにはっきりとしないタイプのほうが好きだった。あるいは、かつてのリーナのようにと言ったほうがいいかもしれない。机のうえの女性にリラックスしなさい、どぎまぎしている部分をもっと見せて、と言えたらいいのにと思った。故郷の家では自分専用のライフルを持ち、兄弟のウォリーやジョージと鹿を狩るのが大好きだったという話を彼女がしたとき、彼は彼女の基盤となる「おてんば娘」物語と、デートの相手に苦労してきたことに気づいたのだ。いま三十歳を間近にして悪ふざけはしなくなったのだが、カモフラージュのための大笑いは残ったのだろう。まるである種の生き物が脱皮して残していく殻のように。

　左手で彼は乳房の下の肌を少し伸ばし、その部分にマーカーで文字が書けるようにした。彼にその部分を触れられて、彼女は眉を少しだけ上げ、かすかに驚いたような笑みを浮かべた。人間とは哀れなものだ。ぼんやりとした喜びが生まれ、彼の体に染み込んでいる。文章がこのように苦労せずに形作られていく感じがしたのは、最初の小説以来のことだ。あれが彼の最高傑作だが、まさにひとりでに書き上げられ、それで彼に名声をもたらしたのである。ここ数年まったく起きなかったことが彼のなかで起きている。彼は性的欲求に掻き立てられて書いているのだ。

　自意識が彼の初期の抒情性を摩滅させた。彼の心を占めている思いは、単に若さとともに才能も消えていったということだ。長いこと若者を演じてきた。いまでも若いということが彼の専門職であり、だから若さは彼が軽蔑するとともに、それなしでは生きていけぬものなのだ。おそらく彼は自分の恐れに不安を抱くようになったので、自分独自のスタイルを見つけられなくなったのだろう。だから純粋に自分自身のものである華麗な文章ではなく、空虚な模造品の文章をしかたなく書くようになっていた。そんな文章は誰にでも書ける。ずっと昔、自分の想像力が生み出したキャラクターにほとんど触ることができたのだが、そういうことはだんだんとなくなった。冷たく輝く御影石のような、あるいはゲッソーを塗ったキャンバスのような、空っぽで真っ白い表面しか見えなくなってきたのである。彼はしばしば自分が才能を、ほとんど神聖さをも失ったというふうに考えた。二十二歳でナイマン・フェルカー賞を受賞し、その後すぐにボストン賞も受賞して、彼は大作家のオーラを静かに楽しんできた。そして、どんな祝福よりもそのために、彼は老いることを免れてきたのである。結婚して十年ほど経ち、彼は女性たちとの付き合いを通して、ときには彼女らの肉体を通して、その祝福を捜し回るようになった。彼の若々しい態度、ふさふさの髪、締まった肉体、よく笑う性格、しかし何よりも人当たりのよい穏やかさが、ある女性たちを惹きつけ、彼の一晩の、あるいは一週間の相手を務める気にさせた。ときにはそれが数ヵ月に及ぶこともあり、彼か彼女が飽きて去って行くまで続くのだった。セックスは彼を再生させたが、それは彼が再び白紙の原稿と向き合うまでの話だった。そうなると、彼はまた死の沈黙を知ってしまうのだ。

結婚生活を救うために、リーナは彼に精神分析医を薦めた。しかし、自分の心を探られたくないという芸術家特有の気持ちから、彼は分析医のソファに座ることをためらった。

無分別さという魔力を失い、当たり前の常識に置き換えられるのが嫌だったのだ。それでも、彼は次第にリーナの主張することに同意するようになった――彼女の学位は社会心理学だった。彼女の主張とは、彼が敢えて認める以上に、父親によって傷つけられたということである。ハドソン河畔のピークスキルという不景気な地域で養鶏場を営んでいたマックス・ゾーンは、息子と四人の娘を厳しく躾けなければならないという狂信的な思いを抱いていた。九歳のクレメントはドアを閉めたとき、誤って鶏の首を切ってしまったことがあり、お仕置きとして窓のないジャガイモ貯蔵庫に一晩じゅう閉じ込められた。そのためその後、灯りを点けずに眠ることができなくなった。夜に二度三度とトイレに行くようになったのも、間違いなくジャガイモ貯蔵庫の闇のなかで小便を漏らした経験からだった。翌朝、外に出され、青い空からの陽光を顔に浴びながら彼が父に許しを請うと、父の無精髭を生やした顔に笑みが浮かんできた。そして、クレメントがズボンを濡らしているのを見て、父は大笑いしたのだった。クレメントは寒さで身をブルブルと震わせて森のなかに走って行った。暖かい春の日だったのに、歯をガチガチと鳴らしていた。日の光で温まった、破れた干し草の俵のうえに横になり、干し草で身を覆った。この経験は、その性質において、一番末の妹マージーのものと一致していた。彼女は十代のときに父親に反抗し、午前零時過ぎまで遊び回るようになった。ある晩、デートから帰って、彼女は玄関のうえの照明器具からぶら下がっているコードに手を伸ばし、まだ温かい死んだネズミを摑んだ。それは、父親が彼女への戒めのためにそこに置いておいたものだった。

しかし、こうしたものは何一つクレメントの最初の短篇小説に扱われなかった。それを膨らませて、彼は代表的な長篇小説へと仕上げたのだが、そこで描いたのは少しだけ実像を隠した母親の姿だった。母親の彼への愛を中心に描き、父親のことは基本的に善意の人だが、愛情表現がうまくできない可哀そうな人、というふうに描いた。全般的にクレメントは父を非難することに抵抗を感じていた。リーナはそのことを、非難を浴びせること自体が父親との対決を意味し、象徴的に二度目の埋葬をもたらすからだと解釈した。そのため彼の書くものはロマンチックに左翼的で、抵抗への憧れのようなトーンがどこかで響いているのだ。この無垢なところが最初の小説における魅力だったとすれば、それ以後は当然ながら陳腐なものとなっていった。事実、彼は構造自体を詩的なものの敵として嫌悪するようになり、一九六〇年代の芸術的アナーキズムが形式に反旗を翻したとき、大きな安堵感とともに反抗に加わった。しかし、リーナは彼にこう言った。芸術上の構造を求めると、必然的に父親の恐ろしい罪に対して論理的な反応をしなければならなくなり、父殺しへと向かわなければいけない恐れがある、と。これはあまりに不愉快で、真面目に取る気になれず、その結果彼は感傷的であるとともに愛嬌ある好人物であり続けた。個人的には、自分がいつも無害な人間であることに物足りなさを感じていたのだが。

リーナは彼のことがよくわかっていた。彼女にも同じ特徴があったので、簡単なのだ。

「私たちは〝翼の折れた鳥たちの会〟の創立委員よ」と彼女は言った。ある晩遅く、パーティの片づけをしているときのことだった。二十代の後半から三十代にかけて、彼らの週末は必ずブルックリン・ハイツの家でのパーティに終わるような時期があった。人々はただ集まってきて、大いに歓迎され、自由に煙草を吸うようにと言われた――その煙草のフィルターをリーナはちぎってから吸った。そして、カーペットに寝そべり、擦り切れた椅子でくつろぎ、彼らが持ってきたワインを飲み、新しい芝居や映画や小説や詩の話をした。また、アイゼンハワーの英語が文法的におかしいことを指摘し、ラジオやハリウッドの作家たちのブラックリストが作られたこと、伝統的にユダヤ人と同盟関係にあったはずの黒人がこのところなぜかユダヤ人に敵意を示していること、国務省が左翼と疑われる人々のパスポートを取り上げていることなどを嘆いた。新しい保守主義が大恐慌やニューディールなど、ここ三十年間の記憶自体を拾い上げては弾き出しているように見える。戦時中の敵であったナチスを、かつての同盟国ソ連に対する防波堤に変えようとさえしている。それに対し、国じゅうが沈黙してしまうことがいかに理解しがたく、また理にかなっていないか、などと彼らは話し合った。人々はゾーン家の歓待によって元気づき、また夜の街へと帰っていった。新しい仲間と一緒に帰る場合もあれば、一人きりの場合もあるが、どちらにしても、勇壮さが失われた侘しい時代の影響下にあった。彼らは自分たちをこの国の理性的な少数派として見ていた。当時のこの国では、世界の革命を知らないことが幸福であり、金儲けはどんどんたやすくなり、精神分析医が究極の権威となり、中立の立場を取って深く関わらないことこそが最上の美徳だったのである。

やがてリーナは、自分が迷路にはまり込んだということ以外は何も確信が持てなくなった。物事を分析したうえで、もはや自分は彼のものではないという結論に達した——彼の文章が彼のものではなくなっていたのと同じように。彼は自分の文章が模造品になってしまったとよく嘆いたのだが、彼らの人生も模造品になったのだ。それでも二人は一緒に暮らし続けた。いまはマンハッタン南端部のブラウンストーンの家を期限なしで借りている。家主は鉄鋼成金の相続人である同性愛者で、クレメントのことはキーツの再来だと信じていた。しかし、このところクレメントはしばしば三階で眠り、リーナは一階で寝た。この家というプレゼントは、人々が彼らに落としていく数多のプレゼントの最大のものにすぎなかった。医師の友人はもっと大きなコートが彼には必要だと気づき、ラクダの毛のコートを彼にくれた。ケープコッドの別荘が毎年使えるのは、所有者のカップルが毎夏ヨーロッパに行くからで、彼らは古いけれども手入れの行き届いたビュイックも一緒に使わせてくれた。運命も気前がよかった。ある晩、暗い通りを歩いていて、クレメントは何か金属のものを蹴とばした。拾ってみると、アンチョビの缶だった。家に持ち帰ったところ、それを開けるには特殊な鍵形缶切りが必要だとわかり、食器棚にしまいこんだ。一カ月以上経ってから、また別の通りで、彼はもう一度金属のものを蹴とばした――その鍵形缶切りだった。彼とリーナはどちらもアンチョビが大好きだったので、さっそくクラッカーを取り出し、一気にすべて食べてしまった。

彼らはまだときどき一緒に笑ったが、だいたいは二人とも鈍い痛みを抱えていた。どちらも相手を傷つけたと感じており、その痛みについて真剣に考える勇気がないのだった。

「私たちは離婚まで模造品なのよ」と彼女は言い、彼は笑って同意した。そして、何も変わらずに暮らし続けた。変化といえば、彼女がウェーブのかかった長い金髪を切り、子供のカウンセラーとして仕事するようになったことだ。自分たちが子供を持つことについてはついに踏み切れなかったが、彼女は子供のことが本能的にわかる。そして、幸せそうに仕事をする彼女を彼は不安な気持ちで見守っていた。少なくともしばらくのあいだ、彼女は新たな自分に気づいて元気づいた様子で、彼は取り残されるような恐怖を抱いた。ところが一年もせずに、「同じ場所に毎日行くなんて、とてもじゃないけどできないわ」と宣言して退職した。これは、かつてのクレージーでロマンチックなリーナの復活だった。彼女の給料がなくなるのは心配だったが、それでも彼は嬉しかった。二人は彼が稼ぐ以上の金を必要とするようになっており、彼の本の売り上げはほとんどゼロに近づいていた。セックスについては、それが大きな意味を持っていた時期を思い出すことさえ彼女にはできなくなり、徐々にせいぜい年に四回か五回程度の道楽という感じになった。彼の情事については、彼女は疑っていたが、確認する気になれなかった。わずかに残った自尊心が傷つきはしたが、重荷から解放されたという気持ちもあった。彼の見解は、男は発情したらどこかに行かなければならず、女は自分がその「どこか」だと感じるはずだというものだった。大きな違いだ。しかし、残酷な気持ちになると、彼はこう考えた。彼女はセックスで幸せな気持ちになれないほど不幸せなのであり、この状態は生い立ちから来るのだ、と。

それからある夏、譲り受けた海岸の別荘のぐらつく階段でパイプを吹かしているとき、彼は若い女性が水辺を歩いているのを見かけた。一人ぼっちで物思いに耽っている風情。太陽が彼女の腰のあたりでちらちらと輝いている。彼女を裸にして、その体に文章を書けたらどんなだろう。彼はそんな想像をし、心が沸き立った。こんな心の高揚をもたらす自己イメージを抱けたのは本当に久しぶりだ。女の裸体に文章を書いている自分自身の姿。それは焼き立てのパンを抱えているように健全で、健康的なものだった。

とはいえ、リーナが鬱積していたものをついに爆発させなかったら、彼は広告など出さなかったかもしれない。彼が三階の仕事場でメルヴィルを読み、心を清めようとしていたとき、階下から叫び声が聞こえてきた。リビングルームに駆け込むと、リーナがソファに座って発散するように泣き叫んでいる。彼は彼女が疲れるまで腕に抱いていた。話す必要などない。単に自分の人生に対して怒りが溢れてきて、彼女は死にそうになっていたのだ。金は容赦なく減っていくし、夫は何の指標も示そうとしない。そうしたことへの怒りである。彼は妻の手を握りながら、その醜くなった顔を見る気にはなれずにいた。

リーナが静かになってから、彼はグラスに水を入れてきてやった。何を待つでもなく、ソファに二人で座り続けた。リーナはコーヒーテーブルに置いてある箱からチェスターフィールドを一本取り出し、爪でフィルターを弾き飛ばした。そしてまた横になると、挑むように煙草を吸った。二度にわたるサルツ医師の真剣な警告にもかかわらず、リーナはこの煙草の吸い方をやめない。彼女はチェスターフィールドと性的関係を持っているのだ、とクレメントは思った。

「自伝的なものを書こうかと思う」と彼は言った。これで金が入るということを仄めかした。

「私の母は……」と彼女は言ったが、目を凝らしたまま口を閉ざした。

「えっ？」

妻が母について曖昧に触れたことで、彼はあることを思い出した。彼女が感じている罪の意識を初めて露わにしたときのこと。二人はリーナが住んでいる下宿の窓のところに座り、葉が青々と茂った木々の並ぶ美しい通りを見下ろしていた。のんびりと行き交う学生たち、中西部の大学キャンパスの落ち着いた静けさは、彼らを現実世界から隔離していた。一方、彼女によれば、故郷のコネティカットでは母親が毎朝五時前に起き、始発の路面電車に乗って、ピアレス蒸気洗濯店に八時間の仕事をしに出かけるという。想像してみてほしい！　高貴な生まれのクリスタ・ヴァネツキーが他人のシャツのアイロンがけをしている。それは、娘に下宿代として毎月二十ドル送り、娘がアルバイトをしなくてもいいようにするためなのだ。ほとんどの学生がアルバイトをしているというのに。リーナは目を閉ざし、自分のふがいなさを心から締め出さねばならなかった。母を幸せにするために学業で頑張った。成功こそがすべてを癒す——それはおそらく市の機関で社会心理学関係の職を得ることなのだろう。

リーナは白いアンゴラのセーターを着ていた。「そのセーターを着てこのクレージーな光に当たると、君は妖精みたいに輝くね」とクレメントは言った。二人は手をつないで、曲がりくねった道を散歩した。影が実に黒く、まるで固体のようだった。風のない夜、月の光が澄み切っていて、恐ろしいほど近くにあるように見えた。「いつもより月が近づいてるんじゃないかな」と彼は月光を細目で見やりつつ言った。彼は科学の詩的な部分は好きだったが、詳細は数学的すぎて嫌いだった。この驚くべき光のなかで、彼の頬骨はいつもより目立ち、男らしい顎はくっきりとして見えた。二人はまったく同じ身長だった。彼に愛されていることは以前からわかっていたが、二人きりになると、彼女は彼の肉体的欲求を感じ取るのだった。突如として彼はリーナを低木の下の空間に引き込み、そっと地面に座らせた。二人はキスし、彼は彼女の乳房を撫でまわした。それから横になり、彼女にのしかかって、脚を広げさせようとした。彼女は彼の股間が硬いのに気づき、自分を見失う恐怖で身をこわばらせた。「駄目よ、クレメント」と彼女は言い、申し訳なさそうに彼にキスした。ここまででさえ、いままで誰に対しても許したことはなかったのだ。男に許すかどうかとかいったことを忘れてもらいたかった。

「近いうちにしないといけないんだよ」と彼は彼女から離れながら言った。

「どうして！」と彼女は不安そうな笑い声をあげた。

「だって！　僕が買ったものを見て」

彼はコンドームを取り出して見せた。彼女はそれを受け取り、滑らかなゴムを親指に感じた。彼が彼女のために書いてきた詩は――ソネット、ヴィラネル、俳句などは――すべてこの馬鹿みたいなゴム風船を使うための策略にすぎないのではないか。彼女はそう考えないように努めた。コンドームを片眼鏡のように目に当て、空を見上げた。「これを通して月が見えそうだわ」

「何をしてるんだい？」彼は笑って起き上がった。「ヴァネツキー家の人たちっておかしいよ」。彼女もくすくす笑いながら起き上がり、コンドームを彼に返した。「どうしてなの？　お母さんが気になる？」と彼は訊ねた。

彼女は突然真剣な表情になった。「あなたはほかの人を捜すべきだわ。それでも友達ではいられるから」。それから付け足す。「どうして自分が生きているのか、本当にわからないの」。こうした唐突な気分の変化にクレメントはいつでも感動してしまう――「ポーランドの深遠」と彼はそれを呼んだ。彼女は大西洋の向こうの神秘とある不可解なつながりがあった――ヨーロッパ中部の暗いポーランドにある何らかの神秘と。そこは彼も彼女も行ったことのない場所だった。

「このようなことに関する詩ってあるかな？」

「どのようなこと？」

「自分が考えていることがわからない女の子」

「エミリー・ディキンソンかしら。でも、どの詩かって言われると、思いつかない。私が知っている愛の詩はすべて栄光か死で終わるわ」

彼は両膝を立てて両腕を巻きつけ、月を見上げた。「こんな月は見たことがない。こういう月が狼を吠えさせるんだろうね」

「そして女を狂わせる」と彼女は付け加えた。「どうして月が狂わせるのはいつでも女なのかしら？」

「まあ、女のほうが進んでるんだよ」

彼女は視線の邪魔になった枝を避けるために前屈みになり、月光に向けて目を細めた。

「本当に私を狂わせかねないと思うわ」。彼女は遠い可能性としてだが、正気を失うことを恐れていた。父が狂死したことが頭から離れないのだ。「なんて近くに感じられるのかしら。天国の目みたい。人を怖がらせるのもわかるわ。あんなに輝いているんだから、あれは温かいだろうって思うけど、実は冷たいんでしょう？ 死の光みたいに」。彼女の子供っぽい切実な好奇心を目の当たりにし、彼女の肉体を意識して彼は身震いした。いつの日か自分のものにしたいとまだ考えていた。あそこも金髪なのだろうか？ 同時に、彼女は神聖で稀な存在だった。唯一の欠点は高い頬骨とポーランド人らしい大きな鼻だが、頬骨のために魅力が台無しになるほどではなかった。完璧な女性像と彼女を比べるような段階は通り越していたのである。彼は彼女の手を開かせ、その手のひらを自分の唇に当てた。

「キャスリーン・ニ・フーリハン（W・B・イェイツの散文劇のヒロイン）、エリザベス・バレット・ブラウニング（十九世紀のイギリスの詩人）、女王マブ（シェイクスピアの『ロミオとジュリエット』にも言及される妖精の女王）」――彼は彼女から憐れむような笑い声を引き出した――「ベティ・グレイブル（二十世紀のアメリカの女優）……ほかには？」

「カラマーゾフの女？」

「ああ、そうだ、グルシェンカ。ほかには？　ピーター・ポール・マウンズ、ベイビー・ルース（この二つはお菓子の商品名）、クレオパトラ……」。彼女は彼の頭を摑み、彼の唇に自分の唇を押しつけた。彼女はこういうふうに彼を失望させたくはなかったのだが、肉体的な欲求を感じようとすればするほど、感じなくなるのだ。おそらく一度してしまえば、彼女のなかのバネがはじけ飛ぶのだろう。彼は紳士的で優しく、彼女が夫を見つける前に受け入れる男がいるとしたら、それはクレメントだった。いや、そうではないかもしれない。彼女は何も確かなことがわからなかった。彼が舌をからめてくるのを拒まずに受け入れ、彼のほうは彼女の口が応じたことに驚いた。また彼女を押し倒し、のしかかって、彼女のうえで動き始める。しかし、彼女は彼の下からすり抜け、道のほうへと歩いて行った。彼女に追いついて謝り始めたとき、彼は彼女が過度に真剣であることに気づいた。彼女の気分の変化が頭上にぶら下がり、彼を焦らしているようだった——まるで赤ん坊のベッドのうえにぶら下がる色鮮やかな玩具のように。二人は悲しげに押し黙って通りまで歩き、そこから彼女の下宿まで歩いて行った。張り出しの深いヴィクトリア朝風の玄関の下に立つと、月光の輝きが二人の大きな体の真っ黒な影を芝生に投げかけた。

「どういうふうにしたらいいのかわからないもの」

「教えてあげるよ」

「恥ずかしい」

「最初の一、二分だけだよ。簡単さ」。二人は笑い出した。彼女の笑っている唇にキスをするのが好きだった。彼女は彼の唇に指先で触れた。

彼は歩道に立ち、彼女の素晴らしい体が家へと歩いて行くのを見守った――その丸い尻、むっちりとした太腿。彼女はドアロで振り返り、手を振って、なかに入った。

この女と結婚しなければならない。とんでもないことのようだったが、彼はそう考えた。でも、どうやって？　彼には何もない。見込みすらない――もう一度賞を取るか、学科の助手として採用されなければ。しかし、彼よりもずっと高い学位を持ちながら、職を捜している人が何百人といる。彼女を失ってしまう可能性は高い。月光を浴びた歩道に立っていると、勃起した股間が疼いた。三十メートルほど離れたところで、彼女は着替えていた。

「どうしてリーナなんかにこだわるの？」とヴァネッキー夫人がクレメントに訊ねた。白黒の斑の雑種犬、クライドは彼女の足下の日陰に寝そべり、うたた寝をしていた。春休みの最終日である日曜日の午後、暑い工業都市でのことだった。家のすぐ下を流れるウィンシップ川も熱い油が流れているように見える。空気が淀み、かなり前に通り過ぎた列車の煙がきれぎれになって線路のうえに漂っている。

「わかりません」とクレメントは言った。「リーナは金持ちになるんじゃないかって思うんです」

「リーナが？　ハッ！」クレメントが訪問するので、ヴァネツキー夫人は念入りにアイロンがけした青い綿のドレスと白いオックスフォード・シャツを着込んでいた。ドレスの襟のまわりにはレースの縁飾りがついている。赤みがかった髪をうえにまとめ上げ、てっぺんの白い櫛で押さえつけていて、彼女の背の高さと――娘よりも頭半分ほど大きい――なぜか頬骨と額の広さも強調している。挑戦するようなからかいの下に、壮大に敗れ去った者の恐ろしい力をクレメントは感じ取った――彼の希望をもってしても折り合いのつけられない力だ。ほんの十年前の彼女の着色写真がフレームに入れられ、リビングルームに飾られている。夫の横で誇らしげに立っている姿。夫はバイロンのようなネッカチーフを首に巻き、髪を波立たせ、ソフト帽を手からぶら下げている。アメリカがときどき外国人に対して示す恐ろしい軽蔑を誤解した彼はパラノイア患者となり、担架に縛りつけられるのだが、それはまだ先の話である。救急車で運ばれながら彼は車の壁に向かってポーランド語で叫び続け、妻は売女で人間はみな殺人者だと罵った。夫人に残されたのはリーナだけだったのだ。責任感があって、「頭に脳みそが入っている唯一の子供」。リーナの妹のパッツィはすでに堕胎手術を二度受けていて、それぞれ異なる男の子供であり、片方の男に関しては苗字さえ知らないと認めていた。泣き喚くような大きな声、狼狽しているような目つきの持ち主で、心の大らかな優しい子だが、頭は空っぽなのだ。パッツィは一度クレメントにこんなことを物憂げに囁いたことがあった。リーナが彼を受け入れていないのはわかっている。だから、「二、三回なら」代わりにしてあげてもいいわよ、と。この申し出にはまったく羨みや軽蔑は含まれておらず、その言葉どおりの意味しかなかった。彼がどちらにすると決断しても、悪感情を抱くこともない。「ヘイ、クレメント。リーナがしないんだったら、私でどう?」冗談で言っているのだが、彼女の目には否定しようのない光が宿っていた。

ほかに末っ子のスティーヴがいたが、彼の場合はほとんど数に入らなかった。愚鈍で素朴、そして身のこなしも重い男。家族の農民側の血を受け継いでいた。スティーヴはパッツィと同様、池の底にいる鯉のように世間を渡っているが、少なくともセックス狂いではなかった。驚くことに、ハミルトン・プロペラ社は彼を真面目な労働者であると見なして採用した。六ヵ月の試用期間の後に彼を目盛りの技術者として抜擢したのである――ほんの十九歳で、高校に二年しか行っていないスティーヴを。彼の最近の奇行は母を悩ませたものの、何とかまともな社会人として生きていけそうだった。

「スティーヴは眠りながらよく歩くのよ。最近ね」とヴァネッツキー夫人がリーナに向かって言った。娘が大学で得た知識によって分析してくれることを密かに期待しているようだった。

「女の子が欲しいんじゃない？」リーナのこの大胆な台詞にクレメントは驚いた。セックスについてこんなに気楽に彼女がしゃべるという皮肉が面白くも感じられた。

「問題は、この町に娼婦がいないってことね」とヴァネッツキー夫人は腹を掻きながら言った。「パッツィは週末にハートフォードに行きなさいって言い続けているわ。でも、パッツィが何の話をしているのかもわからないのよ、あの子。あなたはどう、クレメント？」

「僕ですか？」クレメントは赤面した。次はリーナと寝たかどうか訊かれるのではないかと想像した。

「性教育の基礎を彼に与えてくれないかしら。それも知らないと思うの」。リーナとクレメントは笑い、ヴァネッツキー夫人も噛み殺した笑みを浮かべた。「本当に思うのよ、そういった言葉を聞いたこともないだろうって。どうしたらいい?」

「まあ、誰かが教えないといけないわね!」とリーナが叫んだ。弟がずっと子供のままでいることは、彼女にとっても心配の種だった。家族をジレンマに向き合わせるのにこれだけのエネルギーを割きながら、彼女が自分のジレンマには向き合おうとしないという事実に、クレメントは困惑した。

「スティーヴはパッツィの自転車を曲げちゃったみたいなのよ」とヴァネツキー夫人は言った。

「自転車を曲げた!」

「みんな眠っているときね。スティーヴは夜中に眠りながら歩いて外に出て、素手でフロントフォークを曲げたの。そういう腕力があるみたい」。彼女はクレメントのほうを向いた。「あなたから話してくれないかしら。どっかの週末でハートフォードに行ったらどうかって」

しかしクレメントが答える前に、ヴァネツキー夫人は手で彼を払いのけるような仕草をした。「もう、あんたたち男って、実際的なこととなるとどうしたらいいかまったくわからないんだから」

リーナはすぐに彼を弁護した。「クレメントは喜んでスティーヴと話してくれるわ。そうでしょ、クレメント？」

「もちろん、喜んで話しますよ」

「でも、セックスについて何か知ってる？」

「ママ！」リーナは赤くなり、笑いながら叫んだが、母親のほうはほとんど微笑まなかった。

「ええ、少しは知ってますよ」とクレメントは夫人の蔑みを含んだ言葉にまごつくことなく、それを払いのけるように言った。

「ねえ、クレメントに優しくしてね、ママ」とリーナは言い、ブランコ椅子のところに行って、母の隣りに座った。

「ああ、クレメントなら動転なんてしないよ。私は好き勝手にしゃべってるだけだから」。しかし、クレメントの性質では不充分だと彼女は決めつけたのだ。彼女は踵を床につけて押し、ブランコ椅子を揺らした。

みな黙り込んだ。ブランコ椅子はキーキーと心地よさげな音を出している。ポーチの向こうの街路は物音ひとつしない。ヴァネツキー夫人はしばらくしてクレメントのほうを向いた。「人間が破滅する主たる原因はセックスよ」

「えっ、そうですか——だって、相手を愛していても？　僕はこのクレージーな子を愛しているんです」とクレメントは言った。

「ああ、愛ね」

リーナは煙草の煙を吐き出しつつ、神経質そうに笑った。

「愛ってものはないんですか？」とクレメントは訊ねた。

「現実的ではない人間は、みんなアメリカに殺されるんだ」とヴァネッツキー夫人は言った。

「あなたは教育のある若者で、ハンサムだわ。私の娘は混乱しているの。それはこれからも変わらない。誰も変わらない。本質がどんどん出てくるってだけよ。糸の玉がほぐれていくみたいにね。だから、お願いだからこの子を忘れて。じゃなきゃ、友達でいて、結婚はしないで。現実的で明晰に考える賢い女の子を見つけるべきよ。結婚は永遠のものだけど、妻というのは現実的でなければ駄目なの。この子は現実的って何かもわかってない。いつも夢を見ている、この子の可哀そうなお父さんと同じでね。あの人はアメリカに来て、何らかの敬意を示してもらえるものだと思っていた。少なくとも、その名前に対して。でも、ポーランド人になんて誰も敬意を払わない。ヴァネッツキー家とか、それがリトアニアの公爵にさかのぼるとか、そんなこと誰が知ってる？　ささやかな敬意を求めて夫は正気を失ったの。エンジニアの訓練も受けていたのに。彼と友達になりたがる人っていうのは、彼から見れば、本国では話しかけるにも値しない人たちだったのよ。話しかけるとしても、靴を磨いてもらうときくらいね。だから彼はアクロン（オハイオ州の工業都市で、ゴム産業の中心地）に行き、デトロイトに行き、それからここで文化的なサークルを求めたの。これがリーナの父親っていう男。ここでは名前を持った人間として扱われない、成功者と失敗者しかいないってことがわかっていなかったのね。だから喚き散らして墓に入っていったの。結婚の話はしないでね、お願いだから。それがお互いのためになるの。リーナのことは放っておいて。パッツィは別よ――あの子は結婚しなきゃ駄目。結婚だけが彼女を救えるの。まあ、それさえも確かではないけど。でも、この子は駄目」と言って、夫人は長女のほうを見た。リーナは母がまくし立てているあいだ当惑しつつクスクス笑っていたが、その笑いには愛情も込められていた。「どれだけ自分を見失っているか、この人に話した？」

「ええ」とリーナは居心地悪そうに言った。「彼はわかってるわ」

　ヴァネツキー夫人は溜め息をつき、汗に濡れた頬を片手で押さえて、上体を左右に少し揺らした。彼女は時がやがて自分にもたらすものと接触しているのだ、とクレメントは思った。彼の趣味にはあまりに悲劇的でありすぎるにしても、彼女の性質の超然としたところに感動した。

「どうやって生計を立てていくつもり？　だって、この子は金銭的に儲かるようなことはできないわよ」

「ママ！」とリーナは抗弁しながらも、母の率直さにフェミニスト的な抗議の気持ちが込められていることを嬉しく思っていた。「ねえ、ママ、私だってそこまで駄目じゃないわ！」

「だって、駄目になりかかってるわよ」とヴァネッキー夫人は言った。それから同じ質問をクレメントに向かって繰り返した。「どうやって生計を立てていくつもり？」

「まあ、まだわかりません」

「まだ？　あなた、毎日の生活にもお金がかかるってことわかってないの？　〝まだ〟？　経済は〝まだ〟を待ってくれないの。自分がどうやって生きていくかわかってなきゃいけない。でも、あなたはこの子と同じようなんだね――世界が現実ではないんだよ。こういうのについて、シェイクスピアは何か言ってない？」

「シェイクスピアですか？」とクレメントは訊ねた。

「シェイクスピアにはすべてがあるって言うじゃない。生活力のない美女が、どうして仕事のない詩人と結婚することになるのか言ってよ。まったく、あなたたちって本当に子供ね！」そう言って彼女は笑い、どうしようもないと言いたげに首を振った。クレメントとリーナはもはや自分たちが裁かれていないとわかってホッとし、一緒に笑った。このクレージーな人生において彼女が自分たちと同じジレンマを共有しているのが嬉しかった。

「でも、すぐにはそういうことにならないのよ、ママ。まず私は卒業しなくちゃいけないし、それから就職できたら……」

「就職できますよ、彼女は。成績は完璧ですから」とクレメントは全面的な信頼を込めて言った。

「あなたはどうなの？　詩人に就職先はあるの？　有名になろうとしたらいいじゃない？アメリカには有名な詩人はいないの？」

「いますよ、有名なアメリカの詩人はね。でも、あなたは聞いたことがないと思います」

「それを有名って言うのかい？　誰も聞いたことがないような人たちを？」

「彼らはほかの詩人たちや、詩人に興味のある人たちのあいだで有名なんです」

「何か物語を書きなさいよ——そうすれば有名になれる。詩じゃなくてね。そうしたら、物語が映画化されるかもしれない」

「彼が書いているのはそういうものじゃないのよ、ママ」

「わかってる。あなたに言われなくてもね」

パッツィがブラジャーとパンティだけという格好で網戸の向こうに現われた。「ママ、私のほかのブラジャー見なかった？」と彼女はひどいわと言いたげな声で言った。

「バスルームに掛かってるよ。〝ママ、ママ〟って言う前に、自分で見たらどうなんだい？」

「見たわよ」

「じゃあ、目を開けてもう一度見るんだね。それに、いつになったら自分のものは自分で洗うの？」

パッツィは網戸を開け、裸足でポーチに出て来た。クレメントに遠慮して大きな胸を両腕で隠し、濡れた髪をタオルでターバンのように包んでいる。彼女のムチムチした太腿、広い背中、盛り上がった乳房は、消えていく日の光のなかで実に立派に見えた。パッツィは衝動的に母の顔を両手で摑み、キスをした。「愛してるわ、ママ！」

「男の人がいるっていうのに、そんな恥ずかしい格好で歩き回るのかい？　なかに入りなさい、この馬鹿娘！」

「クレメントならいいじゃない。気にしないわよ！」パッツィは母と姉に背を向け、クレメントに向かい合った。小さすぎるブラジャーからこぼれ落ちそうな大きな乳房を目の当たりにして、彼の胸はいっぱいになった。からかうような笑い声を上げながらパッツィが訊ねる。「気にしないわよね、クレメント？」

「ええ、気にしません」

ヴァネッキー夫人は身を乗り出し、娘の尻を手のひらでピシャリと叩いて、それから笑った。

「やだ！　痛いじゃない！」パッツィは尻を手で押さえながら家に駆け込んだ。

ほぼ暗くなっていた。貨物列車がガタガタと走っていく音が近くから聞こえてくる。リーナは煙草に火を点け、ブランコ椅子のクッションに背をもたせかけた。

「クレメントはお芝居を書くのよ、ママ」

「彼が？」

「彼ならできるわ」

「それはいいいね」とヴァネッキー夫人は冗談を受け流すかのように言った。信じようとしない彼女の暗い気分を前にして、みな黙りこくった。

その後、二人は散歩に出た。バンガロー式の住宅と四階建ての木造アパート、労働者たちの家々が並んでいる界隈である。

「お母さんは正しいと思うよ」とクレメントは言ったが、リーナが反論してくれることを望んでいた。

「結婚することについて？」

「僕たちには馬鹿げてる」

「たぶんね」と彼女はホッとして同意した。この決定が断固として先延ばしされたというのは、決定が下された場合と同じくらい、気が休まるものだった。彼女は不確定であることが具体化したことに高揚し、彼の手を摑んだ。

彼は広告を出す勇気を振り絞れないでいた。変態だと思われるのではないかと心配になってきたのだ。しかし、それは次第に自分に対する義務のように思われてきた。ある日、彼は『ヴィレッジ・ヴォイス』誌を一部買い、その個人広告欄をプリンス通りとブロードウェイの交差点でじっくり読んでみた。淫らな行為への誘い、恋人募集、精神的開眼や肉体的向上を売り込む広告などが、何ページにもわたって続いている。氷原の深い裂け目《クレバス》から助けを求める人の声が響いてくるようだ、と彼は考えた。ダンテの『神曲』ではないか。彼は『ヴィレッジ・ヴォイス』を家の不毛な机に持ち帰り、どういう戦略でいくかを考えた。最終的にははっきりと言うことにした——「無害な実験のために大柄な女性を募集。年齢不問だが、肌のはりのある人。写真を送られたし」

　五人ほど出だしでつまずいたあと——ぶくぶくと太った女性の前後からのヌード写真が相次いで送られてきてから——彼は写真を見た途端にキャロル・ムントが完璧だと気づいた。笑い転げるかのように頭をのけぞらせた写真である。キャロルは黄色いミニスカートに白いベレー帽、黒いブラウスという姿で彼の玄関口に現われた。実際に会ってみると、彼よりも十五センチは背が高い。恥ずかしそうだが凜々しい笑みは田舎者じみていじらしく、すぐに彼は自分のイメージにぴったりだと確信し、彼女を抱き締めたくなった。ついに自分は空虚な思いに対処する手を打ったのだ。

　肘掛け椅子に心地よさそうに座りながら、キャロルはスカートの裾を引き下ろそうという無駄な動作をした。その一方で、居酒屋で出会った初対面の男女が相手を探り合いつつ、思い切ってしゃべろうとするかのような表情をしていた。重いブレスレットと首のまわりのチェーンをカチャカチャいわせ、いななくような声で笑った――まさに馬のような笑い声で、彼の敏感な耳にギンギンと響いた。実のところ、彼女には処女《バージン》っぽいところがあり、それを覆い隠そうとしているように見えた。たぶん、オリーブオイルの商標のように超《エクス》処女《トラバージン》っぽいところ。このフレーズは覚えておいて、いつか使おうと彼は考えた。「それで、どういうことをするのですか？　私って、充分に大柄かしら？」と彼女は訊ねた。

「とても簡単ですよ。私は小説家です」

「ふうん」と彼女は疑わし気に頷いた。

彼は自分の本を本棚から一冊取り出し、彼女に手渡した。カバーの写真を一瞥して、彼女の疑惑は吹き飛んだようだった。「そうなんですね、それで……」

「もちろん、裸になっていただかないといけません」

「ふうん」。彼女は勝負に向けて心を高めていくかのように、興奮してきた様子だった。

彼はさらに続けた。「そして、あなたの体じゅうに文字を書かせていただきたい。というのも、私の頭にある物語はあなたの体すべてを必要とするはずで……といっても、大きく見積もりすぎているかもしれません。まだわからないのですが、小説の第一章になるかもしれないんです」。それから彼は自分が壁に突き当たったことや、彼女の肌に書くことで壁を突き破れるのではないかという思いを説明した。彼女は目を丸くして聞いていた。彼の話に魅了され、また同情している様子だ。彼に信頼されることに誇りを抱いているのが見て取れた。「うまくいかないかもしれませんけど——わかりません……」

「まあ、やってみる価値はありますよね。だって、トライしなければ飛《フライ》ぶこともできないじゃないですか」

何かしていないと気まずかったので、彼はクリップを入れた小箱を机からどかし、革で縁取った吸い取り紙の台も動かした。ずっと昔、リーナがクリスマスにプレゼントしてくれたものだ。キャロルにどのように服を脱いでくれと言おう？　こいつは常軌を逸しているという思いが波のように押し寄せて来て、彼は無力感へと引きずり込まれそうになった。慌てて彼は言った。「服を脱いでくれますか？」——これまで女性に対して言ったことのない言葉、少なくとも立った状態で言ったことのない言葉だ。少しだけ肩を、または身をすくめるようにして、彼女は彼の前に立ったまま服を脱ぎ、白いパンティだけになった。彼はそこに目をやり、彼女は「パンティも？」と訊ねた。

「まあ、よろしければそうしていただけますか？　それがないほうが——何て言うか——刺激が少ないように思えるんです。それに、そのあたりも使いたいですし」

彼女はパンティも脱ぎ、机のうえに座った。「どっち向き？」と彼女は訊ねた。明らかにこれまで不安を感じてきたのであり、いまそれを克服しながらも、確信が持てないようだった。こうした精神状態は彼もほぼ同じである。そのため二人のあいだの親密感が募った。

「最初はうつぶせになってください。シーツはいりますか？」

「大丈夫」と彼女は言い、机のうえに身を横たえた。日焼けした幅広い背中と丸くて白い尻とが、かつての乱雑な机の無味乾燥さに対し、強烈なコントラストになっているように思われた。以前に賞としてもらった彫り物入りの銀の壺に十数本のフェルトペンが立ててあり、その一本を彼は手に取った。彼のなかの何かが恐怖で震えていた。自分は何をしているのだろう？ ついに正気を失ったのか？

「大丈夫ですか？」と彼女は訊ねた。

「はい！ 考え事をしていただけです」

物語はあったのだ——数カ月前、もしかしたら一年前——何度か書き始めた物語が。それから突如として、自分が才能を使い切ったという思いがあっさりと頭に浮かび、もはや自分に信頼が持てなくなった。そしていま、手の下で待っている肉体を前にして、彼はまた信頼に身を委ねることができたのだ。

「本当に大丈夫？」と彼女は繰り返した。

それは傑作ではなかったし、秀作とも言えなかったが、最初に妻と会ったときのイメージがそこに生きていた。二人で大波に打たれ、一緒に転がるように浜に打ち上げられたときのこと。波にさらわれそうになった水着を引っ張り上げながら彼が立ち上がると、彼女のほうもよろよろと立ち上がった。激しい波で露わになった片側の乳房を隠そうと、水着を引っ張り上げている。彼はこれが運命の出会いだと感じた。溺れた人が再生するギリシャ神話で、海から人が浮き上がってくるときのように。

当時、彼は純朴な詩人で、彼女はエミリー・ディキンソンを崇拝し、忙しい日々を送っていた。「海があなたの水着を奪おうとしましたね」と彼は言った。「ミノタウロスのようだ」。彼女の目が潤んでいるのに気づき、彼は嬉しくなった。あやふやな人に彼は安心を感じるところがあり、彼女もそうだとすぐにわかったのだ。海から吐き出され——というふうに彼はそのときの情景をその後数年のあいだ回想することになるのだが——彼らは本能的に互いのなかに同じ苦悩を垣間見たのである。確定したものから逃れたいという同じ願望を。「確定したものによる死」と彼は書くことになる。それは、霧のようにもやもやしたものを創造力の源として称える歌だった。

いま彼は黒のフェルトペンを右手に持ち、左手を下ろしてキャロルの肩に触れた。彼女の張りつめた肌の温もりにショックを受けた。自分の空想が現実になることなどめったになく、初対面の女性がこれを進んでしてくれていると思うと、目に涙が込み上げてきそうになった。人間の善性だ。彼の広告に応えるのに、彼女はありとあらゆる勇気を振り絞ったことだろう。しかし、彼女の人生をあまり深く詮索することにはためらいを感じた。クレージーな女性でないのなら、それでよい。少し変わっているかもしれないが、誰だってそうではないか？「ありがとう、キャロル」

「大丈夫ですよ。慌てないで」

彼は股間が膨張してくるのを感じた。ずっと以前、書くときにこういうことが起きたものだ。ペンと似た名前をつけられた器官で書く男。血液が一ガロンほど増えて、血管を広げているように思える。彼はキャロルの背中に身を乗り出し、左手により力を込めて彼女の肩を押しつけた。そして、ゆっくりと書き始めた。「沖で波がどんどんと高くなっていった。砂の棚が急に深くなっているあたり。そこを男と女は引き波に流されそうになりながら、それに逆らって泳いでいた。見知らぬ者同士ながら、運命に向かって泳いでいたのである」。驚いたことに、彼は若かりし日々、男盛りだった日々の断片をはっきりと見た。人生への揺るがぬ信頼、そのほとんど忘れられた約束に対する揺るがぬ信頼が、その当時は虹のように架かっていた。彼の手の圧力に反応するキャロルの肉体の匂いを感じた。実り豊かな緑色の海の匂い。それは、力の枯渇した彼をなじっているようだった。心に感じているこの純然たる痛みをどのように表現したらよいのだろう？

そして、二十年以上前のリーナの顔が彼の目の前に現われてきた。塩水で目がかすかに赤く、笑っている顔に金髪が渦巻いて貼りついている。砂浜を上がっていき、息苦しそうに笑いながら倒れたときの、彼女の若い肉体のふくよかさ。彼自身はすでに彼女の外見に恋をしていた。二人で波に打たれただけに、互いにどこか馴染みがあり、警戒が不要なように思われた。こういうイメージが現われたのは、長い年月で初めてだったのではないか。そして彼はキャロルの背中から尻へとペンを移動させ、それから左の太腿、右の太腿、さらに彼女をひっくり返して胸から腹へ、そしてまた腿へ、足首へと書き続けた。奇跡的に、彼が初めて妻を裏切ったときの、かなりあからさまな物語はこの足首で見事に終わった。彼は奇跡的に真実を女の肉体に委ねられたと感じた。しかし、これは短篇小説なのか？それとも、長篇小説の始まりなのか？　奇妙なことに、それはどうでもよかった。ともかくすぐに担当編集者に見せなければならない。

「ちょうど君の足首で終わったよ！」と彼は呼びかけた。自分の声の少年っぽい調子に自分で驚いていた。

「すごいじゃない！　じゃあ、これからどうするの？」と言って彼女は起き上がった。書かれた文字で汚れないように、手を子供っぽく広げていた。

彼女は原稿用紙と同様、自分に何が書かれたのかを知らない。彼にはそのことが実に奇妙に感じられた。「君の体をスキャンしてもいいんですけど、スキャナーがないんですよ。じゃなきゃ、僕がラップトップにタイプしていってもいいけど、時間がかかるかな――タイプは速くないんで。このときのことを考えていませんでした……君をタクシーで出版社に届けるくらいしか」と彼は冗談を言った。「でも、冗談です。編集者はいろいろと削除したがるでしょうし」

二人はこの問題を次のように片づけた。彼が彼女の背後に立って背中の文字を読み、それを彼女が座ってラップトップにタイプする。この作業を進めながら彼らはときどき大爆笑した。彼女の腹側に書かれた文字については、姿見を前に立てて読むという案を彼女が考えたが、それでは文字が反対になってしまう。そこで彼が彼女の前に座り、彼女がラップトップを膝のところに持って、彼がタイプすることにした。腿のところまで読んだら、彼女が立ち上がって続ける。最後に彼が床に腹這いになって、彼女のふくらはぎと足首を読んだ。

彼は立ち上がり、二人は初めて相手の目をじっと見つめた。おそらくこんなに親密で、しかも思いがけないことをしたためだろう、彼らは次に何をしていいのかわからず、ただクスクスと笑い出した。やがてヒステリックな笑い方になり、それが互いに伝わって、床に崩れ落ちて笑った。ついにはどちらも額を机の縁にもたせかけ、相手の顔を見ないようにした。ようやく彼が声を出せた。「シャワーを浴びていいですよ、よろしければ」。なぜかこの言葉で二人はまた甲高い笑い声を上げ、こらえ切れずに床を転がった。

はあはあ言いながら二人は床に横たわり、笑いも鎮まっていった。並んで横になっていると、互いのことがわかったという子供っぽい感覚に思いがけず満たされた。ようやく静かになったが、まだ息を切らし、東洋風のカーペットのうえで向き合っていた。

「じゃあ、そろそろ帰ったほうがいいわね？」と彼女は訊ねた。

「それをどうやって洗い落とす？」と彼は理解できない不安を感じつつ言った。

「お風呂に入るわ」

「でも、君の背中……」

「洗ってくれる人、いるから」

「男の人？」

「いえ、同じフロアに住んでいる女の子」

「でも、まだ誰にも読まれたくないんだ。発表していいものかどうかもわからない。あるいは、誰かが読んでいいものかどうか。つまり……」。彼はあれこれ迷いつつ、好奇心を払いのける理由を捜そうとした。背中を洗ってくれる女友達とは誰なのかという好奇心。あるいは、自分が創造したものの秘密を保護するためかもしれない――どうしてかはわからないが、まだ人に見せてはいけないように感じていた。彼女の肉体は、他人に見せるにはあまりに個人的なものなのだ。彼は片肘で上体を持ち上げ、彼女の髪はカーペットのうえに広がっていた。ほとんどセックスをしたあとのようだった。「このままで帰すわけにいかないんだよ」と彼は言った。

「どういう意味？」彼女の声には期待が込められていた。

「僕たちを知っている人が、この物語のなかの妻に関する部分にいろいろと気づくかもしれない。その準備がまだできていないんだ」

「じゃあ、どうして書いたの？」

「ただありのままを書いて、それからあとで修正するんだ。このままで帰っちゃいけない。君と一緒にシャワーを浴びて、背中をこすり落としてあげるよ。いい？」

「いいわ。でも、誰にも読ませるつもりはないけど」と彼女は言った。

「わかってる、でも消したほうが気が楽なんだ」

小さな金属製のシャワー室に入ると、彼女の体の大きさが目立った。自分の背中用のブラシで数分間背中をこすっただけで、彼はもう疲れてきた。キャロルは自分の前部を洗ったが、腿とふくらはぎと足首の裏側は彼が洗った。きれいになると、彼女の肩に湯をかけたまま、彼は彼女を引き寄せた。その厚みのある肉体の力を感じた。

「いい気持ちになった？」と彼女は訊ねた。この女の前で彼の頭は空っぽになった。脳の最後の痕跡が頭蓋から抜けていき、すべてが股間に集中した。

そのあとで、彼はどうしてこれがこんなにたやすく、また率直な行為だったのだろうと考えた。シャワーの流れの下で彼女とセックスすること。それ以前、彼女の体が言葉で埋め尽くされていたときには、彼女とのセックスは深い茂みやイバラの藪を突破することのように思われたのだ。彼はこの謎をリーナと話し合えたらと思ったが、もちろんそれは問題外だ。ただ、問題外でなくてもいいのではないかという思いもあった。

彼に助けられて体を拭いたあと、キャロルはパンティ、ブラジャー、ブラウスを着込み、スカートを引っ張り上げた。その間、彼は机に向かって座り、引き出しを開け、小切手帳を取り出した。しかし、彼女はすぐに彼の手首を握った。

「いいのよ」と彼女は言った。彼女の濡れた髪は二人の親密さの証だった。彼が彼女を変えたという事実の証。

「でも、支払いたいんだ」

「今回はいいわ」。ここに戻ってきたいという希望をおそらくうっかりと漏らしてしまったために、彼女の顔にはあからさまなはにかみが浮かんだ。「たぶん、次のときに。また呼んでくれるなら」。それからふとあることを思いつき、驚いたようだった。「あっ、もう呼ばないか。仕事は終わったんだよね？」彼女の最初の厚かましさが戻ってきた。「だって、初めてのことを二度はできないものね？」彼女は静かな声で笑ったが、目は訴えかけていた。

彼は立ち上がり、彼女に近づいて、さようならのキスをしようとした。しかし、彼女がかすかに顔を背けたので、唇は頬に着地した。「君が正しいと思うよ」と彼は言った。

ある頑なさが彼女の顔に現われてきた。「じゃあ、いいかな。お金をいただくわ」「そうだね」と彼は言った。現実はいつでも人をホッとさせるものだ、と彼は考えた。だが、どうしてこれは怒りとともに現われるのだろう？　彼は椅子に腰かけ、小切手を書いた。そして、恥ずかしさの疼きを感じつつ、彼女に手渡した。

彼女は小切手をたたみ、財布のなかに差し込んだ。「すごい一日だったわ！」と彼女は大きな声で言い、また馬のような笑い声を上げた。初対面で出会った最初のとき以来、あのような笑いは控えていたのだ。いま彼女は鹿狩りの女に戻った、と彼は思った。ツンドラを歩いていく女に。一瞬だけ洞窟から顔を出し、自信満々に外を覗いてから、急いで元に戻ったのだ。

キャロルが帰ってから、彼は原稿が広げてある机に向かって座った。十八ページ。それをぼんやりと眺めていると、エネルギーを消耗したことと体を洗ったことによって自分が明晰になり、高揚してくるように感じた。彼は手のひらを原稿のうえに置き、考えた。正気を失いかけるところまでいったのだから、これはいい物語にしなければならない。彼は目をこすり、物語を読み始めた。すると、ずっと下からドアがバタンと閉まる音が聞こえた。リーナが帰ったのだ。熟れすぎて萎びた唐辛子のように深い皺を寄せていることだろう。口をへの字にし、胸はぺしゃんこで、茶色いニコチンの不快な匂いを呼気に漂わせているだろう。彼女が自己を執拗に痛めつけていくことへの嫌悪感でいっぱいになり、彼はまた怒りを感じ始めた。

自分の物語に戻り、一度読んでからまた読み直して、彼はひどく驚いた。そこに現われている妻への愛と共感の優しい思いは、いまでも自分の心に溢れているのだ。それはほとんど、とても若くて無名な男が書いたもののようだった。自分のなかに閉じ込められた男、自由に歌う詩人。その精神は海の波のようにリアルで、訴えかけてくるものがあった。もし自分がこの物語をかつての彼女に対する賛歌に変えようとしたらどうなるだろう？ 彼女はそこに自分自身を認め、打ち解けるだろうか？ 読み進むうち、彼は自分の心の埋もれた中心部において、彼女がいまだ完璧に美しく詩的な存在であることに気づき、そして思い出した。かつては彼女とともに朝起きるだけで生きている喜びと活力に満たされたのだ。原稿から顔を上げ、窓の外の不毛な屋根の連なりを眺めると、彼はキャロルに対する胸の痛みを感じた。その乱暴なほど若い存在感はまだ部屋のなかで震動している。彼女にここに戻ってもらいたい。もう一度だけ戻ってもらい、彼女の締まった肌に書きたい。そして、彼の内部の闇のなかで震えている無垢なものをすくい上げる。それは、彼のなかにまだ残っている愛。外に出てくるのをあまりに恐れていて、そのため消えたかと思われていた――それとともに彼の芸術をも連れ去ったと思われていた――愛の残余である。

テレビン油蒸留所
The Turpentine Still

第一部

一九五〇年代初頭のその冬、ニューヨークは特別寒かった。少なくとも、レヴィンにはそう感じられた。三十九歳にして、早くも老け込んでしまったのでなければ、実際に寒かったのだろう。といっても、本人は「早くも老け込んだ」という考えをこっそりと気に入っていた。生まれて初めて、太陽の光り輝く土地に脱出したいと心から願った。だからジミー・Pがハイチから真っ黒に日焼けして戻り、うっとりとしてハイチの話をするのを、レヴィンは社会学的な興味以上のものをもって聞いた。ハイチには新しい民主主義の風が吹きわたっている、といった話である。レヴィンは時代に先駆けて、政治が人間の行動を良い方向に変えるといった話を疑ってかかるようになっていた。そして自分の仕事を別にすれば、音楽や少数の良書にだけ心を傾けていた。しかし、もっと政治に関わっていた過去においてさえ、彼はジミーの情熱を――彼のナイーブな敬意に心温まるものを感じたが

――手放しに信用してはいなかった。かつてコルゲート大学のレスリング部で活躍し、鼻はつぶれ、なで肩で、舌足らずな話し方をするジミーは、センチメンタルな共産主義者だった。才能のある人々を偶像視し、そのうちの何人かの広報係を自認していた。彼が偶像視する人物にはスターリンや、その他どんな人であれ、その時代でたまたま通用している模範的ルールを無視するような人物が含まれていた。ジミーにとって反抗は詩的なものなのだ。彼が七歳の誕生日を迎えたとき、英雄的な父親は彼の頭のてっぺんにキスし、ボリビア革命に加わるために家を出た。そして、ときどき不意に帰宅し、二週間ほど家にとどまる以外は、本当の意味で家に戻ることはなく、やがて永遠に姿を消したのである。父が戻るのではないかという期待は化石のようになったが、その欠片はまだジミーの心のなかに隠れていたのかもしれない。そして、彼の偶像崇拝的な傾向を煽っていたのだ。ジミーがマーク・レヴィンについて賞賛しているのは、『トリビューン』紙での仕事を辞めた点にあった。当時要求されるようになった、反ソ連の好戦的な論陣を張ることよりも、父の退屈な革製品商を継ぐことを選んだからである。実を言えば、レヴィンの心はマルセル・プルーストに夢中だった。ここ一、二年、プルーストの本は彼の心からほとんどすべてのものを締め出してしまい、例外は音楽と、喧嘩っ早いが大切な妻のアデル、そして鬱々とした気分に心地よく浸ることだった。

ハイチはレヴィンとアデルにとって月の裏側だった。その地について彼らが知っていたのは、歯科医院の『ナショナルジオグラフィック』誌から仕入れたことや、カーニバルのときに街路で踊る女たちの写真、そしてヴードゥーだった。写真の女たちは野性味に溢れ、何人かは際立って美しい。しかし、ジミーによれば、素晴らしい絵画や著作が次々に生まれており、それらは不可解なほど洗練されているという。何世代もナイフと銃で支配されていた国において、自然の抑えられていた力が爆発したかのようだ。ジミーの古い友人で、かつて『ニューヨーク・ポスト』のコラムニストをしていたリリー・オドワイヤーがレヴィンたちを喜んで迎えたがっている。彼女は国を捨てた母親と暮らすためにハイチに引っ越し、そこのすべての人を知っていた。特に若い新進の画家や知識人である。こうした若者たちは作品のなかに左がかった民主的改革のアイデアを忍び込ませ、やがて殺されるか、国外に逃亡するかしていた。最近の選挙では、政権に反対する側の候補者が妻と四人の子供とともに殺された。自宅の一階の居間で、手斧によって惨殺されたのである。犯人はまだわかっていない。

レヴィン夫妻はぜひとも行きたいと思った。最後に冬の休暇を取ったときは——カリブ海のビーチで延々と過ごす五日間だった——こんな中身のない贅沢はもうやめようと誓ったものだが、今回は違うと約束されている。レヴィン夫妻は真面目な人々だ。外国映画がニューヨークで上映されるようになる以前から、彼らはリビングルームで外国映画を上映するグループに属していた。マークは特にフランス映画とイタリア映画への情熱に満ち溢れていた。彼と妻はどちらもクラシック音楽の優秀なピアニストであり、実際のところ二人が出会ったのもピアノ教師の待合室においてだった。彼が帰ろうとしているところに彼女がやって来たのだ。彼らは互いの長身ぶりにすぐに惹かれ合った。マークは百九十センチ、アデルは百八十センチあったのだ。どちらも自分を奇形のように感じて耐えてきたのだが、二人で付き合うことによって、長身が普通のこととなったのである。もっとも、二人は自己弁護のような皮肉を会話に差し挟むようになった。マークはこんなことを言う。

「相手の目を見つめるとき、しゃがまなくてもすむ女性をついに見つけたんだ」

「そうね」とアデルが付け足す。「私のことをいつの日か見つめる気になってほしいものだわ」

アデルは髪を短く刈り込み、前髪は切りそろえていて、東洋人と言っても通用しそうな顔立ちをしていた。目は黒く、広い頬骨がその視線を狭めている。マークは細長い馬面で、濃い髪は縮れており、気が進まぬかのように恥ずかしげに笑う。といっても、絶望的な気分になり、ぶつぶつ呟いているようなときもある。胃が悲劇的なほど下がってしまったとか、心臓が胸の中心部に少しだけ移ってしまったなどと信じ込むようなときだ。それでも、皮肉な態度で自己を守りながら、彼らは社会改革の理想的なプランのどれかに——慎重に距離を置きつつ——夢中になるくらいナイーブでもあった。彼はロングアイランド・シティのオフィスで昼食をしながら、『ニューリパブリック』誌を読み、ときどき義務的にマルクス主義系の『新大衆《ニュー・マッセズ》』誌にも目を通した。そしてミルクを飲みながら、ときどき『失われた時を求めて』をフランス語で拾い読みする。音楽への愛には及ばないが、彼はこの本をものすごく愛していた。レヴィン夫妻はパンナムのコンステレーション機の騒々しい客室に乗ってポルトープランスに向かった。二人とも、この旅が失敗の数珠にまた一つ珠を足す結果に終わるのではないかという不安を寄せつけまいとしていた。

　オドワイヤー邸は一年前に完成したばかりで、だだっ広いコンクリートの巣がポルトープランスの港のうえにぶら下がっているかのようだった。パット・オドワイヤー夫人と義理の息子であるヴィンセント・ブリードによって設計され、フランク・ロイド・ライトの精神を彼女なりに受け継いだ屋敷は、風が広い部屋と窓を自由に通るように作られていた。

パット夫人はこのとき客とのポーカーに夢中になっていた。客は、監督教会派のタネル主教、港の真ん中に停泊しているアメリカ重巡洋艦のバンズ司令官、そしてアンリ・ラドラン警察署長。彼らの下に敷かれた巨大な東洋風のカーペットは白い壁まで達し、壁にはクレーが一枚、レジェが一枚のほか、ハイチ人による明るい色の絵画が五、六枚飾られていた。後者はパット夫人の趣味と慧眼の証明だ。ハイチの画家たちが売れるようになるずっと前に彼女が買ってから、その値段は急騰した。パット夫人はこの日、右翼的な国会議員や共和党員への怒りを共有している点で、すぐにアデルを気に入った。こうした連中はかの悪名高きマッカーシー上院議員の仲間で、現在進行中の政府の赤狩りをけしかけ、彼女の目から見ればリベラルなニューディーラーたちをまことしやかに中傷しているというわけである。

ジミー・Pはレヴィン夫妻がニューヨークを発つ前に、パット夫人について予備知識を与えてくれていた。彼女はロードアイランド州プロヴィデンスでソーシャルワーカーとしての仕事を始めた。すぐに彼女が気づいたのは、おもにカトリック教徒である彼女の顧客が最も必要としているのはコンドームだということだった。当時、コンドームはそれが法律で禁止されていない場所でも、こっそりと売られる代物だった。彼女はニューヨークで委託販売のコンドームを買い、その箱を運び込むことから始めて、やがてその販売業者となった。ついにはその製造工場を設立し、莫大な富を築いたのである。ハイチに休暇で来て、自分の製品のニーズがもっと高いことに気づいた彼女は、ここでも工場を始め、今回はその製品の大部分を非営利団体に寄付していた。いまは八十歳に近づいているが、長く伸ばした銀髪と池のように落ち着いた青い瞳の持ち主で、若いときに負けない美しさを保っている。パット夫人の人生は、人々を核心に触れさせようとすることで成り立っていた。せっかちな性格のためにカトリックからクリスチャン・サイエンスに改宗したのだが、彼女はこの宗教を自力本願の信仰と解釈し、そういう形で彼女個人の起業家精神を表現していた。もっと広く適用するなら、これは社会主義的な福祉社会の実現という彼女の目標も表わしていたのである。

カードテーブルの近くの寝椅子に寝転がっていたのは、彼女の娘のリリーだった。三日前の『タイムズ』を読みながら彼女は言った。「ジャン・クールが昨日、町でシャルル・レバイエを見かけたんだって」。体重との戦いに敗れ、リリーはゆったりとした白いガウンとネグリジェを着るようになっていた。この地域で作られたブリキのブレスレットが腕でチリンチリンと音を立てている。彼女の目は、ちょうど入ってきた十一歳の息子のピーターに注がれた。最初の夫である、ニューヨークの劇評家でアル中の男とのあいだに生まれた子供だった。リリーはこの子が父親のアイルランド人っぽい陰気で気まぐれな性格とハンサムな優美さを受け継いだのではないかと考えずにいられなかった。ピーターは裸足で、汚れた黄褐色の半ズボンをはいていた。果物のボウルからサクランボを取っては口に詰め込み、母の挨拶に応えようともしない。父親が奪われたことについて自分を責めているのだと、リリーは考えていた。

パット夫人はカードからほとんど目を上げずに言った。「レバイエ長官を見たって？」

「ええ」

「でも、一週間くらい前に死んだでしょ」

「そうよ」。ポーカーが中断した。ヴィンセントとレヴィンはバルコニーからなかに入って、話を聞こうとした。ポーカーをしている者も全員リリーに目を向けた。「クールは彼が棺に納められるのを見たし、埋葬にも立ち会ったって」

「どうしてレバイエだってわかったんだい？」

「若いときからずっと知ってるからって。町でレバイエを見かけたから行ってみたら、クールの目の前をすーっと素通りしちゃったんだそうよ。ゾンビになったんだって言うの」

「ゾンビって何ですか？」とアデルはヴィンセントに向かって訊ねた。ヴィンセントは黒人のジャマイカ人なので、こういうことには詳しそうだ。

ヴィンセントは言った。「奴隷みたいなものですよ。ここの人たちは死者を復活させることができるって言うんです。そして魂を抜いちゃえば、何でも言われたことをするようになるって」

「でも、本当のところは何なんです？」とレヴィンは訊ねた。長身からカードテーブルを見下ろし、人差し指で頸動脈に触れて、脈拍を確かめた。

「わかりません。たぶん薬漬けにして、埋葬する振りをするんでしょう……」

「クールはレバイエが埋められるのを本当に見たんだって言ってるわ」とリリーが言った。

「棺が下りていくのは見たかもしれないけど、でも……」とヴィンセントは言った。

「おかしなことは起こるものです」と主教が遮った。ハイチ人に対して最も経験豊富だと皆から頼りにされている人だ。この国の新しい絵画や著作を支援するとともに、数人を改宗させてきた。彼の大きな教会では、描かれたばかりの絵画が水漆喰の内壁いっぱいに飾られている。メロンのような形のピンクの顔を見ると、人の好い無能な人間のような印象を与えるが、彼は革命家たちをかくまい、武器を持って彼らを追ってくる人々を騙してきた。「薬が絡んでいるかどうかはわかりませんな」と彼は言った。「彼らは物事の核心に入り込む術を習得してるんですよ。つまり、深い催眠術のようなものじゃないかと思います。それによって、相手の核心に至るんです」

「しかし、その男を実際に埋葬したわけはありませんな」とバンズ司令官が言った。「窒息してしまいますから」。黒髪に完璧な横顔の持ち主。白い海軍の制服を着て、その立てた襟が首にぴったり合っている姿は、太った主教以上に、戦闘的な司祭のように見えた。パット夫人がアメリカの帝国主義的ペテンに関して信じていることすべてに対し、愛国者らしく異議を唱えながらも、バンズは彼女のことを優れた女性であると考えていた。いわば、解かれるべきエレガントな謎である、と。ともかく、この家は彼が歓迎されていると感じられる、島じゅうで唯一の場所だった。

「そいつの新陳代謝を遅くできるのなら別でしょうけど」とヴィンセントが言った。「でも、僕はこのどれも信じちゃいません」

ラドラン警察署長はこの部屋で唯一のハイチ人だった。小柄ながら体重が百三十キロあり、顎の下からすぐに腹が始まっているように見える。満足げな笑いを漏らして彼は言った。「すべてナンセンスですよ。外見が似ている人間なんていくらでもいます。ヴードゥーはほかの宗教と似たようなもんですが、もちろん、魔術に関わる部分が多い。でも、キリスト教にもパンと魚とか、水上を歩くとかっていうのがあります」

話題は魔術のことになり、ポーカーが再開された。リリーは新聞をまた読み始めた。ヴィンセントとレヴィンはバルコニーに戻り、並んで座って港を見下ろした。ヴィンセントは実に印象的な男だった。大学時代にバスケットボールを黒人と一緒にプレーして以来、レヴィンにとって彼は初めて言葉を交わす黒人だ。がっしりした体格のジャマイカ人で、生まれは貧しいが、オックスフォード大学とスウェーデンの大学で学位を取得し、いまはカリブ海地域の森林再生プロジェクトを進める国連の機関に関わっている——といったことを、レヴィンはすでに聞いていた。そしてヴィンセントは、レヴィンのことや、彼がプルーストに魅了されているといったことに、あからさまに興味を示してくれている。これもまた、レヴィンには嬉しいことだった。

「ヴードゥーって真面目な宗教なんですか？」とレヴィンは訊ねた。

「まあ、こんなふうに言われたりするんですよ——ハイチは九十パーセントがカトリックで、百パーセントがヴードゥーだって。僕の個人的な見解だと、ほかのどんなものよりも厄介ですけどね。でも、すべての宗教は基本的に社会を管理する手段じゃないですか。だから私はその霊的な面をあまり真に受けないようにしています。この国は魔術師じゃなく、科学者や明晰に考える人たちが必要なんです。でも、何だってそうですけど、ヴードゥーにもいい使い道はある。実際、僕も使ったことがありますよ」。ヴィンセントはどんなことを主張しても、くすくす笑いを伴うので、それで弁解しているように聞こえた。

　彼の説明によれば、彼はかつて成長の速い樹木を何千株と植える計画を立てたのだという。ハイチでは木炭が主要な燃料であるからだ。ところが、一年も経たぬうちに、小さな若木がすべて切られ、よそに運ばれて燃やされてしまった。「ものすごく頭にきましたけどね」と彼は言った。「頭が冷えてから、床屋に行ったんですよ。そうしたら、地元のフーンガン（ヴードゥーの聖職者）が助けてくれるかもしれないから、会いに行くといいって言われました。その人を見つけ、寄付金を払ったら、彼は植林の場所を聖域にする儀式をしてくれたんです。たくさんの人が来て植林を見守り、その後、この神聖な木々に手を出す人はいませんでした。そして、三年後に適切に伐採されたわけです。好きなアイデアじゃなかったけど、役には立ちましたね」。しばらく黙り込んでから、彼は言った。「どうしてハイチに興味があるんです？」

「興味があるとは思ってませんでした」とレヴィンは言った。「でも、何か大気中に魅力が漂ってますよね。秘密の雰囲気というのか。よくわかりませんけど」

レヴィンは、リビングルームからの黄色い光に照らされたヴィンセントの黒い顔を見つめた。その向こうには港の暗い海が見え、すぐ下には貧しい街のまばらな灯りが見える。ふと、自分がここにいるのは何と奇妙なことかと思えてきた。海で泳いでいて足が立たなくなり、溺れそうになっているような不安も感じた。彼は安全な生活を楽しんではいたが、ビジネスと格闘して空しく過ぎる日々よりも、芸術家としてのリスクを求めた。「僕は片足でしっかりと跳ねながらも、もう片方の足は崖からぶら下げているんだ」とアデルに言ったことがある。二人でシューベルトの連弾曲を演奏し、この曲に感動してほとんど泣きそうになったあとだった。

「あなたも奥さんも、この国をもっと見てみたいですか？　明日、山岳地帯の松林に行かなきゃいけないんです」。ヴィンセントはレヴィンを真正面から見据えた。肩の筋肉が盛り上がっている、三十代の男。黒人ばかりのこの国で、果てしなく自信に満ち溢れ、くつろいでいる男。

この変わった国を見てみたくてたまらず、レヴィンはすぐに同意した。こんな期待を抱くということに驚き、衝撃を受けていた。自分のなかにこんなものがまだ生きているということを、忘れかけていたのだ。プルーストの愛すべき顔が頭によぎった。枯れた花のようと彼は思った。

第二部

グスタフソン・ホテルの車止めに停まっているオースティンの小型車を見て、アデルは遠慮するわと言った。この車の後部座席に何時間も横向きに座っているよりも、町を見るほうがいいと言うのだ。実際、彼女はホテルの周囲を散策するつもりだった。改装されていないフランス植民地様式の建物が、沈んだ遺跡を思い起こさせたのだ。その背の高いレースのカーテンを下ろした窓越しに、ジョゼフ・コンラッドが通り過ぎたり、ロビーの巨大な籐の椅子に座っていたりするのを思い浮かべることができた。それに、彼女が行きたいお店のなかには、マークが退屈してしまうものもあるはずだ。ということで、彼女は去っていく小型車に向かって嬉しそうに手を振った。

オースティンがアデルから離れていくとき、朝の太陽はまだ低く、彼女の顔を正面から照らしていた。つば広の黒い麦藁帽をかぶった彼女は、楽しそうな顔をしている。この穏やかな光が彼女を空間に持ち上げ、吊るしているように感じられた。そしてレヴィンは、彼女ともっと頻繁にセックスしていないことで自分を責めた。どれくらいになる？　一週間か？　もっと長いかもしれない。静かな警鐘が心のなかで鳴った。皮肉な言葉や気の利いた意見をやり取りしても、ビジネスでしているような角を突き合わせた戦いの代わりにはならない。そこで彼は妻のことをもう一度よく知るように努力してみようと決心した。結婚して七年になり、互いに対する好奇心の多くを失っていた。彼は自分を隠すのをやめなければならない。そしてまた話を聞くようにしなければならない。

ヴィンセントは町のメインストリートを車で走り抜け、切れた電話線がぶら下がっている電柱を迂回した。電柱の何本かは、あとで適当に付け足されたかのように、道の真ん中に埋められている。縁石から一メートルほどのところや、歩道のうえにもあった。二階が張り出しているため、道に面した店の内部は暗くなっている。そのほとんどで男たちが鍋や車のフェンダー、壊れた家具などを修理していた。一つの交差点にある巨大な店は、タイヤ、ストーブ、冷蔵庫、肉、魚、衣服、靴、灯油、ガソリンなどを売っていた。銀行の窓は染み一つなく、その窓越しにレヴィンは若い女性の出納係たちの姿を見た。糊を利かせた白いブラウスを着て、厳粛な顔で仕事をしている。間違いなく、これは町で最高の仕事だろう。きちんとした身なりのビジネスマンが二人、まったく微笑まず、握手していた。もったいぶった朝の握手。町の朝が始まるにはまだ時間があった。

ヴィンセントは角を曲がるとき、ハンドルをぐいと引っ張った。「イギリスのハンドルですよ」と彼は笑った。「硬いけど正確です。こいつは人格を鍛えるために作られているんですね。僕はこいつを運転しているというより、押しているように思います。遠くで霧が出ているという噂が立てば、こいつは動かなくなるんですよ」

町は次第に寂れていき、掘立小屋の集落のなかを、驚くほど良質な舗装道路が縫うように走っていた。小屋の脇の小さな庭では、たいてい女たちが働いており、男たちは近くに座って女や友人に話しかけている。「男たちは大したことをしていないようですね」とレヴィンは言った。

「アフリカですよ」とヴィンセントは言った。「男は狩りをし、女が家のことと野菜の栽培をする。もちろん、ここには狩りで捕まえる動物なんて残っていません。一生懸命働いている者もいますけど、教育が必要なんですよ。絶望的です。ハイチは国として成り立つのを待っている状態ですよ」

「輸出品はあるんですか？」とレヴィンが訊ねた。小屋の集落のどれにも「タイヤ修理」という手書きの看板があるように思われた。「修理以外に？」

「ボーキサイトです。アルミニウムを作る鉱物ですよ。以前は金《きん》もありました。多くはなかったですけど、それもずっと前になくなりましたね」

レヴィンはいつの間にかハイチ改革の道をいろいろと考えていた。「では、教育を受けたら、何ができるようになります？　国外に移民する以外に？」

「まず、まともな政府を作ることですね。それができたらすごいでしょう」。真剣になり、熱がこもるにつれて、ヴィンセントの声は太くなった。突然冗談も言わなくなったので、それにレヴィンは驚いた。大学時代、自分が熱狂的に政治を語っていたときのことを思い出した。ずっと昔のことだ。

車は三十分ほど坂をのぼり、周囲の松の茂みが深くなってきた。空気の匂いが冷たく、新鮮に感じられる。「ここの所有者は誰なんですか？」

「国です。でも、政治家たちが盗んでるんです」

「どうやって？」

「帳簿をごまかすんですよ」

「これは植え直されたの？」

「いえ、僕はそれをちゃんとやらせようとしてるんです。この森はいずれ駄目になるんですが、官職に就く者が勝手に盗んでいってしまう」とヴィンセントは言った。

レヴィンの体は闘争心のようなもので引き締まったが、すぐにそれが馬鹿げていると気づいた。これは彼の森ではないし、どちらにしろ、彼に何ができるというのだ？

女が一人、森から突然現われた。頑固な山羊をロープで引っ張っている。細長い体は、夢のなかの人物のように、ほとんど地面に足をつけず、力を入れずに歩いているようだった。長い深紅のバンダナを頭に巻いていて、その尻尾が胸のうえまで垂れ下がり、傷のように見える。片腕を前に差し出して優美に振り、ダンサーのようにバランスを取っている。

「とても美しい女性がたくさんいますね」とレヴィンは言った。

「そこがまた悲しいところですよ」

道が平坦になり、森を切り開いた土地に出た。レヴィンは、アルプス式の丸太小屋があるのに気づいた。屋根の傾斜が急で、ひさしが張り出している。まったく雪が降らない土地だというのに。

「マネージャーを表敬訪問しないといけないんです」とヴィンセントは言い、車から降りて、建物のなかに消えていった。レヴィンも車から降りて、体を伸ばし、爪先立ちで伸びをした。静けさがやさしく肌を撫でるように感じられる。この瞬間、地球上のこの場に立っているというのは、どこか奇跡的だった。ここで何をしているのだろう？　車のなかでヴィンセントは、今日これから会いに行く男の話をした。かつてはニューヨークのマディソン街で広告会社の重役をしていたのに、ここの土着民になっちゃったんです。そう言って、その男のことを笑った。さらにもう少ししゃべったのだが、トランスミッションからの騒音に呑み込まれた。いまヴィンセントは黒人の男と笑い合いながら、建物から出て来た。黒人は足を止め、さようならと手を振っている。

「小物の詐欺師の一人ですよ」。車を出すとき、ヴィンセントは言った。数分後、彼らは完全に道路から外れていた。森のなかの舗装されていない小道を進む。木々はずっと大きくなり、森林の縁に生えていたものと比べると、伐採するのも難しくなっている。やがて彼らは素朴な丸太のバンガローに行きついた。割れた窓には新聞が詰めてあり、壊れかけたフォードの赤い小型トラックがその脇に停まっている。何らかの機械の部品が雑草の生えた空き地にちらばっている。ほかに擦り減ったタイヤ、大きな雨覆い、窓枠、錆びた手動ポンプなども置かれ、一本の木に立て掛けるように、侘しい屋外便所が建っていた。すべてが傾いているように見える。ポーチの階段も歪んでいる。二本の木のあいだに渡した物干し綱には、ブラジャーが一つだけ干してあった。ヴィンセントはエンジンを切ったが、運転席に座ったままでいた。笑いながら皮肉を言う癖は影をひそめ、目のあたりに緊張感が漂っているようにレヴィンは思った。

「この男は何者なんでしたっけ？　さっきの話はよく聞き取れなくて……」

「ダグラスです。厄介な問題でしてね」とヴィンセントは言った。彼がこんなに自信なさげに見えるのは初めてだった。「ここまで深入りすべきではなかったんですよ。でも、あの時点で、やつがここまでやるとは思わなかったんです」

「よくわからないんだけど。何の話をしているんですか？」皆がこの状況に通じているわけではないということを、ヴィンセントは忘れてしまったようだった。

ヴィンセントは運転席の背もたれにもたれ、家をじっと見つめつつ、ときどきレヴィンのほうに目をやりながら話した。「彼のことは好きなんですが、とても変わったやつなんです。心根は優しいんですけど……まあ、愚かだと言ってもいいかもしれない。二年ほど前、マディソン街のＢＢＤ＆Ｏでの重要な仕事を辞めて、海軍の余剰品の船を手に入れ、家族とクルーズを始めたんですよ。それで、いろんな島で人々に映画を見せるんです」。

そう言って笑ったが、彼の顔には張りつめたところが残っていた。「現地の人々にチケットを売ることで、生計が立てられるって本気で思ったんですからね！　もちろん、ポケットに二十五セント貨を持っている客は充分にいません、カリブ諸島にはね。だからここに着いたとき、彼は自分の船を使って何かできないかと考えていたんでしょう。そして――この考えがどこから来たのかは神のみぞ知るってやつで、僕にはどうしてもこの部分が理解できないんですが――ただ、船を停めた埠頭の近くに巨大なタンクがあるのを見たとき、思いついたんじゃないかと思うんです。大きな難破船のタンクかもしれません。どれくらいだか、僕にはよくわからないけど、たぶん十キロリットル以上は入るタンクですね。それがまったく使われず、埠頭に置いてあったんですよ。彼はそこにとどまって、家族と船で暮らしていたんだけど、そのタンクをどうにかしたいって思いを募らせていったわけです」

「それがまったく使われていなかったから」

「もちろん！　そのとおりです！」彼はまた笑った。「われわれは永遠にハイチを救い続けないといけない。あなたもその思いをいくらか感じておられるようだ」

「いや、そういうわけでもないですが、その気持ちは理解できます。たぶん、ここの国民のせいでしょう。彼らはとても……」

「純朴、ですかね。それに、想像力《イマジネーション》に富んでいます」。彼はイマジネーションという言葉にわざとらしいジャマイカ人的トーンを加えた。「ともかく、彼は森の話を聞いて、ある日ここにやって来たんです。そして、ピンと来た。ここの松からテレビン油のための樹脂を採り、蒸留する工場を作れるって。テレビン油は、ハイチでは重要なものなんです。リューマチから、胸の病やセックスの問題まで、どんなことにでもテレビン油を使います。そこで彼はタンクを手に入れ、突然その有効な使用法も手に入れたってわけなんですよ」。彼は大笑いしたが、心配そうな表情は目に残っていた。「タンクを使えるってだけでなく、森を守る手助けもできる。そして、現地の人々のために二十か三十の雇用も作り出すことができるだろう。テレビン油自体と同じように、いくつもの異なる利点があるってわけです」

彼は家を見つめたまま、しばらく間を置いた。そして乾いていた唇を舌で湿した。「そんなつもりはなかったんですけど、僕はうかつにも彼を励ましてしまったようなんです。科学についての知識があるのは、このあたりで僕だけでしたから。もっとも、彼が本当に必要としたのはエンジニアリングのアドバイスだったんです。彼は広告会社の友達に頼んで、蒸留の技術についての文献を送らせ、僕からは化学の知識を得ようとしました。僕はほとんど覚えていませんでしたけどね。そして、始めたわけです。まず、彼はタンクがある角度で設置されなければいけないと知った——正確な角度は忘れましたけど——そこで測量士の道具を手に入れ、このあたりを歩き回って必要とされる正確な傾斜度の勾配を見つけたんです。それから何人か雇って、タンクを支えるコンクリートの土台を作った。もちろん、タンク自体はでかすぎて、ここまでトラックで運ぶことはできない。ところが不幸なことに、僕が港で働いている溶接工を知っていたものだから、彼に紹介してしまったんです。溶接工はタンクをいくつかに分け、一つひとつ彼のトラックでここまで運び、また元のように溶接しました。このすべてがあまりに馬鹿らしくて、僕は……」。ここで彼は言葉を止め、真剣な表情になった。「僕には、自分もどこかで責任があるように感じているんです。やめろとは言ったんですけどね。それでも……」。彼はまた言葉を止め、困惑した表情を浮かべた。「わかりません。おそらく彼を励ますこともしたんでしょう。この国の可能性について、誰かが熱心になってくれるのは嬉しいことですから。僕はただ——わかりません。もっと真剣に捉えるべきだったって思うんです。その危険についてですけど」

「彼はどれくらいこれに取り組んでいるんですか?」

「少なくとも八カ月にはなります。それとも、一年か。クレージーですよ――釘が必要になったとする。ここと港のあいだには何もないから、彼か奥さんかが山をのぼったり下りたりして、あんなちっちゃなものを買いに行かないといけないんです」

「でも、何を心配してるんです? 何も害はないように思えるけど」とレヴィンは言った。

「いよいよ点火する準備が整ったんです」

「それで?」

「あのタンクが蒸気でいっぱいになるんですよ。てっぺんに安全弁のようなバルブは取りつけてありますけど、どうなることか。それが適切なものかどうかが僕にはわからない。彼が港で入手したものにすぎないんですから。ああいうバルブはそれぞれ異なる容量があるはずで、それについては彼同様、僕にもまったくわからないんです」。神経質そうな甲高い笑い声が彼から漏れた。「蒸気圧は一平方インチあたり百七十ポンドにはなるはずで、彼の設備はみんな中古品か間に合わせのものばかり。溶接し直したタンクにとっては、それはすごい圧力になりますよ。溶接に溶接を重ね、即席で作ったものなんだから。神のみぞ知る、です。彼はこの山の頂上を吹っ飛ばすかもしれないし、森を燃やしてしまうかもしれない。そのうえ、自分も死んでしまうかもしれません！」

「それがいつ起こるはずなんですか？」

「今日です」

「彼のマッチを盗んで、ここから逃げないと」。二人は一緒に笑った。「あなたはどうするんです？」

「もちろん、やめるように説得は試みますけどね。エンジニアのアドバイスを受ける必要があるって」

「でも、ずっと前にそうすべきだったと思うわけですね」

突如、レヴィンの目の隅に、彼の側の窓から覗き込む顔が映った。しかし彼が目を向けた瞬間、それは消えた。子供の顔だったように思われた。

「あれはキャティです」とヴィンセントは言い、運転席から滑り降りた。家に向かって歩いて行くあいだに、彼は続けた。「リチャードという子もいて、彼は七歳だと思います。キャティは九歳くらいかな。聞いてください」。彼は立ち止まり、レヴィンのほうを向いた。「ダグラスに、子供たちはどこの学校に行っているか訊ねてほしいんです。というのも、子供たちはここにいるあいだ、まったく学校に行っていないと思う。地元の子供たちと駆け回っているだけなんです。彼は僕の言うことは聞きません。僕のこと、超保守的なニガーの一人だと思っているんですよ。彼に訊いてくれますか?」

女が狭いポーチに現われた。彼女の片腕は白い吊り包帯で吊るされている。「ヴィンセント! 来てくれたのね!」壊れかけた階段を恐る恐る下りてから、彼女は草地を急いで横切り、彼らに近づいてきた。優雅なランチに人々を招いたかのように、怪我をしていないほうの腕を前に伸ばしている。このデニースは四十代中頃の、小柄で快活な女性だった。彼女の熱のこもった瞳からは、激しい苦悩が燃え上がっている。金色の髪は歪み、もつれているが、それはおそらく片手でうまく洗えないためだろう。そうレヴィンは考えた。ずっと微笑み続けていたが、「お願い、助けて」という光る文字が彼女の頭から発しているように見えた。

「何があったんだい?」とヴィンセントは吊り包帯を指さして言った。

「ああ、ヴィンセント」と彼女は言い始め、彼の二の腕を摑んだ。体の支え以上のものを求めているようだった。いまは弱々しい表情が顔に浮かんでいる。「二百リットル入りのドラム缶を下ろしていたの。そうしたら、一つが滑り落ちて、私に当たって。だいぶ良くなったけど、最初はひどかったわ。トラックは運転できないし、子供たちはどこかに遊びに行ってるし、ダグラスはタンクのところだし。だから腕の手当てもできずにずっと歩かなくちゃいけなくて……」

明らかにヴィンセントは彼女の救い主なのだ、とレヴィンは見て取った。ここから脱出するための唯一の希望。上流階級出身であることが明白な女性が、二百リットル入りのドラム缶を運ばなければいけない状況からの脱出である。ドラム缶の重みで骨が折れるまで、彼女は自分が夢を見ていると思っていたに違いない。「さあ、なかに入って。彼もあなたに会えて喜ぶわ」。家に入るところで、レヴィンはようやく紹介されたが、彼女はちらりと視線を向けただけだった。彼女の注意はすべてヴィンセントに注がれていたのである。

彼らが入った部屋は湿っぽい匂いがした。一つの壁に丸石でできた巨大な暖炉があり、そのマントルピースには四、五冊のくたびれた本が立てて置かれていた。椅子やテーブルはなく、木箱が数個散らばっているだけで、そのうちの一つに食器が置かれている。食べたばかりで、洗っていない食器だ。線細工を施した埃っぽいパンプオルガンが壁際に置かれ、箱の一つには汗だくの男が座っていた。ワークブーツにボロボロのジーンズとTシャツを着て、油汚れのついたヤンキースの帽子をかぶっている。床には青写真が散らばっており、その一枚を膝に載せ、舌を唇から突き出してじっと見つめている。小さなメタルフレームの眼鏡は片方のレンズにひびが入り、フレームも歪んでいて、片側のこめかみの部分がない。そのため白い紐を耳に巻き、フレームとつないでいる。放心状態で鬚を剃ったかのように、数日分生えた顎鬚が、ところどころ白髪交じりの房となって残っている。日射しの強い日なのに、部屋には暗い部分がある。屋根のひさしは広く、その下の壁の高いところに窓がついているが、光よりも影を部屋に入れているように思われた。

「ヴィンセントが来たわよ、ダーリン！」彼らが入っていくと、彼女が大声で叫んだ。

完全に没頭している状態からダグラスが覚醒するまで、優に三十秒はかかった。彼は跳ぶように立ち上がり、ヴィンセントに腕を回して抱き締めたが、青写真は握ったままだった。レヴィンとも忙しなく握手したが、彼を見つめようともしない。油染みのある手は紙やすりのようにざらざらだった。ダグラスは背が高く、少し上体が前かがみなのが上品に見えた。彼がしゃべり始めた途端、レヴィンにはアイヴィ・リーグ出身者だというのがわかった。

「この野郎、どこに行ってたんだ？　一週間ずっと待ってたんだぞ！」三人の子供――白人二人と黒人一人――が網戸の脇をサッと通りかかり、鹿のように素早く消えた。

「出かける前にお茶はどうだい？」とダグラスは訊ねた。彼の腕はまだヴィンセントの肩に載っている。同志であることを示すような身振りだが、ヴィンセントはそこから委縮していくように見える。「お茶はあったと思うけど、どうだい、ダーリン？」彼は妻を捜してキョロキョロしたが、彼女はすでに消えていた。彼は家の裏に向かって叫んだ。「お茶はあるかい、ダーリン？」

返事がなかったので、ヴィンセントがこう提案した。「ちょっと座ろうじゃないか、ダグ」

「もちろん、そうだ。すまん」。ダグラスは跳び上がり、箱を一つ持って戻ってきた。彼の足取りは熊のように揺れている。この時点でヴィンセントは、ダグラスがレヴィンの存在に本当には気づいていないのだとわかり、彼をもう一度紹介した。ダグラスはびっくりしてレヴィンのほうを向いた。まるでレヴィンがたったいま天井から落ちて来たかのようだった。「そうだった！　お会いできて嬉しいですよ。こんな汚いところで申し訳ありません」。彼はクスクス笑いながら言い、ヴィンセントのほうに向き直った。ヴィンセントは彼に向き合って座っている。妻も戻って来て、良いほうの手でギプスを守るように抱えつつ、箱の一つに座った。短い時間で着替え、髪にもブラシをかけた様子だった。新しいジーンズをはき、桃色のブラウスを着ていて、胸の形がなんとなくわかる。彼女がこのように若々しく見せようとしたことに、レヴィンは感動を覚えた。かなり緊張している様子から、心の葛藤が極まっているのが見て取れる。そのため、ヴィンセントを何としても自分の味方につけようと決意しているのだ。

しかし、ダグラスは気にも留めていない様子だった。「先週末には準備ができてたんだ」。顔は微笑んでいたが、口調には不満が含まれているように感じられた。「何があったんだ？　どこにいたんだよ？」

ヴィンセントは一、二秒考えてから話し始めた。「忙しかったんだ。でも、思い出してくれよ、ダグ。僕は自分のことを……つまり、これに関してとりわけ責任があるとは感じていないんだ」

「もちろん、ないさ。それは期待していない。だが、君が興味を持っているとは思ったよ」

「持ってるよ。でも、君には率直になったほうがいい。ダグ、僕はこの製法の全体について、本当には確信が持てないんだ。僕でも理解できる限りでは、ね。前回ここに来たときに言ったように——ここに生えている松の木の種類について訊いて回ったんだが——」

「それはわかってるよ」とダグラスは遮った。

「ヨーロッパアカマツが正しい種類で――」

「まあ、それが最適なんだけど、ここのも樹脂がたっぷり採れるんだよ」

「ダグ、どうか聞いてほしいんだ」。ヴィンセントは声を荒らげ、その硬い芯のようなものが初めてレヴィンの心を打った。ダグラスは黙っていたが、無理している様子が見て取れた。「溶解装置のなかでは、摂氏百度くらいの生蒸気が必要になって――」

「八十五度から百度だよ」

「それは樹脂の質によるらしいんだけど、ここの松の種類は質がよくない。要するに、ダグ、君のタンクは溶接し直したもので、しかもいくらか錆が出ているようだから――」

「それは表面だけだよ」

「でも、本当に表面だけかい？　圧力は一平方インチ当たり百五十ポンドになり、温度は百七十度くらいになる。僕が言いたいのはね、ダグ――」

「こいつは完璧に安全だよ！」と言って、ダグラスは立ち上がった。「どこでその情報を得たんだ？」

「バンズ司令官と話したんだ」

「巡洋艦の？　彼がテレビン油に関して何を知っているっていうんだ？」

「彼はアラバマ出身なんだよ。あそこではテレビン油をたくさん作ってるし、彼の家族がそれに関わっていて――」

「神様！」とダグラスは物言わぬ天国に顔を向けて叫んだ。「海軍の男がテレビン油についてまくし立てただと！」彼は叱られた幼児のように、帽子で腿を叩きながら歩き回った。

「僕だってずっと指揮する立場にいたんだ、ヴィンセント。十六カ月のあいだ、あの旧式の駆逐艦に乗っていた。だから言えるけど、海軍のやつらはテレビン油のことなんて何もわかっちゃいない。やつはボイラーを想定してるんだろうけど、これはまったく別の話なんだよ」

レヴィンは真顔でいられなくなりそうだったが、それでもダグラスの苦悩に含まれている純粋な部分が心に迫ってきた。彼が出くわしたこともないような――少なくとも知的な男には見たことがないような――真実の心の叫び。突然気づいたのだが、彼にしても彼の知人にしても、あることにここまで熱烈に、そして大っぴらに関心を持ったことなどない。それがテレビン油のためだというのか？ 金銭のことが背後にあるとは思えなかった――テレビン油はあまりに安価だ、とレヴィンは考えた。では、何だろう？

「ダーリン、少なくともヴィンセントの言うことはちゃんと聞かないと」とデニースが言った。

「じゃあ、何かを提案するつもりなのか？」とダグラスは訊ねた。

ヴィンセントは一瞬ためらい、それから話し始めた。「君がここでやろうとしてきたことについて、僕は尊敬以外の何も感じないよ、ダグ――」

「何だよ、ヴィンス。ここに雇用が生まれるんだぜ。今度こそ自尊心も生まれる。真面目に働き、詐欺を防ごうとする人々が現われる。いまのこの国は死にかけてるだろ、ヴィンセント！」

彼の目は苦痛に溢れていた。レヴィンはそれを見て嫌悪感を抱いたが、自分の無神経さを責めた。二人の男とデニースがこれからどうするかを相談しているときも、その行き場のない嫌悪感は彼の心の隅に残った。彼らは蒸留所を見に行くことにし、車で蒸留所まで行くことになった。これだけ不確かな要素がありながら、ダグラスがまだこの製法を始める決意をしているなんて、レヴィンには信じられなかった。

ヴィンセントとレヴィンがオースティンに乗り、ダグラスとデニースは小型トラックであとに続いた。ヴィンセントは癇癪を起こし始めていて、車を急発進させては急ブレーキを踏み続けていた。「本当のところ、僕の知ったことじゃないんですけどね」。どういうわけか、彼はレヴィンに対して謝っていた。一方、レヴィンは名状しがたい責任を感じ始めていた。なぜなのか、そして何に対してなのかは、自分でもまったくわからなかった。

「彼はガラクタを集めて装置を作ったんですよ。ガラクタですよ！　あれに点火するとき、近くにいたくありませんね」

「彼らの子供はどうなんです？」

「わかりません。本当に知りません」

レヴィンは何本かの木の幹に鉄製のカップが括りつけられているのに気づいた。ヴィンセントの説明によれば、上部の形成層に入れた切り込みから流れてくる樹脂をこれで受けるのだという。ここの空気は冷たいと言っていいくらいで、北欧のようだった。山を四、五キロも下れば暖かい海に出るなんて、奇妙に感じられるほどだ。「もちろん、こいつらは適切な種類の松じゃない。でも、僕にどうしてかって訊かないでください。僕の専門じゃないんで」

「彼の狙いは何ですかね？」とレヴィンは訊ねた。「虚栄心ですか？　つまりね、これで大儲けは期待できないじゃないですか。それとも、できるのかな？」

「たぶん、蒸留所をたくさん持っていれば可能ですよ。でも、彼が持っているのはこれだけです。虚栄心なのかどうかもわかりません。この国を彼が愛しているのは確かですね。でも、奥さんのほうはうんざりしています」

「彼に子供の学校のことを訊くのを忘れましたよ」

「いいですよ。彼が何て答えるかはわかっています。暖炉のうえに置いてある本を指さすんですよ。一九二五年だかの世界史の本、一九一〇年頃の化学の教科書、キップリングの物語全集、それにもう一冊、何だったか思い出せませんが……あ、そうだ、世界地図。まだインドがイギリス領を表わすピンクで塗られているものです」

「奥さんはどうなんです？　心配していないの？」

「彼の頑固さにはお気づきになったでしょう」。彼は一瞬言葉を止めた。「それは愛から来るんです」

「何を愛しているの？」

「どう言ったらいいかわかりません。アイデアを、ですかね。何のアイデアかというと……」。彼は言葉を見つけようと足掻いていたが、それから諦めた様子だった。「いいですか、彼は戦争中、この周辺でドイツの潜水艦を追っていて、それで愛してしまったのです。ここの太陽とあの輝かしい海を。もちろん、それは観光客が押しかける前のことで、科学技術による文明もない時代でした。港には馬車が走っていて、海岸は処女のようだった、と彼は僕に一度話してくれました。ものすごく貧しかったけど、汚されてもなかったんです。だから彼はここで暮らすことを夢に見て、あの船で映画を上映するってアイデアを考え出しました。ときどき思うんですけど、本当にすごく単純だったんじゃないですかね――彼は何かを始めたかったんですよ。みんなそうでしょうけど、ある人たちにとっては、それが絶対に必要なことなんです。何かの起源となる。発明し、それを始める人になる。というのも、彼はニューヨークですごくいい仕事をしていたし、グリニッチに家があって、お金もたくさん持っていた。でも、何かを始めたわけじゃなかった。ある意味、彼は勝負を求めていたんでしょう」。彼は笑い、首を振った。「で、ここがその場所だったんですよ、何かを始めたいんならね」

「彼は人のためになることをしたがっている――そう思います？」

「ああ、そうです、それを求めています。でも、僕はこう考えるようになったんです。彼が求めているのはそれ以上だ、と」

「自分を発明すること。何かを作り出すこと」

「そうだと思います」

レヴィンは前方の土の道をじっと見つめた。石がごろごろ転がり、ところどころくぼみがある。レヴィンには子供がなく、自分の精子数が少ないのは幸運だったと思うようになっていた。自分は父親になるタイプではないし、まして四十歳になろうとする今は父親になる時ではない。そもそも、自由な時間はできるだけピアノのために費やしてきたし、アデルもそうだった。そのことを悔やんではいない。それとも、妻は意見を異にするだろうか？　膝がダッシュボードに当たるほど窮屈な車にガタガタと揺られつつ、彼は考えていた。アデルは自分ではああ言っているが、子供のいないことに本当に満足しているのだろうか？　苦痛を示すような言葉や身振りに彼は思い至った。友人の赤ん坊が眠っている揺り籠を見つめ、彼女が涙を浮かべていたこと。彼はこうした記憶に対して心のなかで呻き声を上げた。自分はハイチで何をしているのだろう？　自分には何一つ理解できない、この愚にもつかない場所で？　彼はすべてを奪われ、見捨てられたように感じた。そして突如として、アデルは自分を愛しているのだろうかと心配になった。彼女が街にとどまることを即座に決断したのは、何か別の目的があったからではないか。馬鹿げた考えだ——彼女が彼を裏切るなんてあり得ない。でも、事実は事実だ。すると、すぐに一つの考えが浮かんできた。彼女は彼がこの小旅行をキャンセルできなくなる、最後の瞬間までわざと待ったのだ。そうすれば、自分はこの不思議な街を自由に動き回ることができる。白人女性がたった一人で……。

高速道路を一キロも走らないうちに、ヴィンセントはまた脇道に入った。すると突如として森のなかの開けた空間に出た。黒いタンクがある。山を背にして、眠る怪物のような角度で置かれている。その横や、その少しうえのさまざまな高さのところに小さなタンクがいくつかあり、入り組んだパイプで黒いタンクとつながっている。近くには、人の身長の二倍はあろうかという、松材を積み上げた巨大な山もある。さらにセメントのミキサー、樽、スチール製のドラム缶、眠っている犬などがあたりに散らばっている。五、六人の男たちが水を飲んだり、一緒に笑ったり、あるいは虚空をじっと見つめたりしながら動き回っている。

レヴィンが車から降りると、デニースが近寄ってきた。ヴィンセントはダグラスと一緒にタンクまで歩いて行き、ダグラスは何か説明している。デニースは共犯者のようなひそひそ声で話しかけてきた。「オルガンがあるんですよ」

「ええ、気がつきました」

「ぜひ弾いていただきたいんです」

「あ、そうですか……」。どうして彼が鍵盤楽器を弾くと知っていたのだろう？　答えのない質問が多すぎて、考えるだけで消耗してきた。自分とアデルがピアノを弾くということを、ヴィンセントに話したかどうかもはっきりしない。そのときヴィンセントの声が響き、彼はタンクのほうを向いた。

「とにかく僕の言うことを聞いてくれよ、ダグラス！」と彼は叫んでいた。ダグラスは友人の言うことを遮ろうとして、文字どおり身悶えしている。顔を空に向け、地団太を踏んでいる。「ダグラス、これが君にとってどんな意味があるかはわかっているよ。でも、すべて間違いだ。専門家の点検なしで、こいつを動かすのは無理だよ」

「君が――」

「駄目だ！」ヴィンセントは叫んだが、声には懇願するような調子が含まれていた。「僕にはその能力はない。何度もそう言ったじゃないか。だから僕には責任は取れない――」

「しかし、圧力は――」

「僕にはそれはわからないし、君にだってわからないよ！　だから待つように頼んでるんだ！　とにかく待ってくれ、お願いだから。専門家が見つかるまで――」

「待てないんだ」とダグラスは静かな声で言った。

　この瞬間のことをレヴィンは後に何度も振り返ることになる。ダグラスが叫ぶのをやめ、静かになった途端、遠くから聞こえていたチェーンソーの音も静まった――そういう思い出として。まるで全世界がこれに聞き入っていたかのように。

「どうして待てないんだい？」とヴィンセントは訊ねた。好奇心がいまは怒りを上回っていた。

「俺は病気なんだよ」とダグラスは言った。

「どういう意味？」

「癌なんだ」

　ヴィンセントは本能的に手を伸ばし、友人の手首を摑んだ。このとき労働者たちはみな声の届かないところにいて、ダグラスが指示を出すのを待っていた。「死ぬ前にこれが動くのを見届けたいんだよ」とダグラスは言った。

「そうだね」とヴィンセントは同意した。デニースは夫のそばに行き、彼の腕を握っていた。彼らがどれだけ愛し合っているか、レヴィンには見て取れた。彼女はここでの生活にまったく馴染んでいないのに、ダグラスのために子供の教育まで犠牲にしている。ダグラスが挑戦せずにいられない、この途方もない夢に付き合っているのだ。「今日の午後、港に戻るから、何人かに連絡を取ってみるよ」とヴィンセントは言った。「必要とあれば、マイアミの事務所から誰かを呼べると思う。誰を派遣すべきか、わかっている人がいるはずなんだ。われわれに専門的な意見を与えられる人がね」。この〝われわれ〟という言葉が、ダグラスの頑なな防御姿勢を崩したようだった。ついに彼らはこのことで団結した──少なくともこのことを承認し、現実のものとするところまでは。ダグラスはヴィンセントの首を掴み、自分のほうに引き寄せた。デニースも身を乗り出して、ヴィンセントの頬にキスした。安堵の表情がヴィンセントの顔に浮かび、そのことにレヴィンは驚いた。二人の友人のあいだにひどいことが起こらなくてよかったとは思っていたが、ヴィンセントとは違って、いまの様子にも胡散臭さを感じたのだ。このように皆が急に希望に溢れてしまうなんて。結局のところ、タンクや製法については何も解決されていない。この計画全体に漂う破滅の雰囲気にもまったく変化がない。三人が情熱的な思いで仲直りし、団結したということ以外に、何も本当には起きていないのである。

バンガローに戻り、ヴィンセントが車を後退させているとき、ダグラスとデニースは別れを惜しんで手を振っていた。ヴィンセントはハンドルを切って、道に出た。彼らは実に幸福そうだ、とレヴィンは思った。数時間前には緊張感がそこらじゅうに飛び交っていたのに、いまはすっかり落ち着いている。車は穴や石を迂回しながら走って行った。レヴィンは、自分が何かを見落としたのだろうかと考えた。すべてがなぜ変わったのか、特にヴィンセントのなかでなぜ変わったのかを説明できるような何か。そして彼に思いつくのは、あまりに明白なことだけだった。ヴィンセントがついに――うかつにではあっても――受け入れたのだということ。この計画に対する責任ではないにしても、その仲間になるということを、海外から専門家を呼ぶという提案によって受け入れたのだ。その程度までは、彼はダグラスの夢に深入りしたのである。

「マイアミに電話するんですか？」とレヴィンは訊ねた。自分の声に皮肉っぽさが入り混じるのを防げなかった。

ヴィンセントは彼のほうを見た。「もちろんです。どうして訊くんです？」彼はレヴィンの口調にほとんど怒っている様子だった。

「いや、ただ……」。レヴィンは言葉に詰まった。この出来事すべてが心のなかでこんがらがっていて、その糸のうちの一本をどこで掴めばよいかわからなかったのだ。「君は突然、よくわからないけど、あの製法を信じるようになったみたいじゃないですか。まったく信じていないように思えたのに」

「信じていないと言った覚えはないですよ。でも、信じているのかいないのか、自分でもわからないんです。ただ、彼が点火を延期する気になってくれたのが嬉しいですね」

「そうですか」とレヴィンは言った。

二人は黙り込んだ。言い換えればこういうことか、とレヴィンは心のなかで推論を立てていた。ヴィンセントはダグラスと仲違いしないように、製法の現実性を信じているように装った。一方、ダグラスも同様に、自分以外の誰かが責任を共有しているように装っている。大惨事になりかねないものに対する責任。二人で、信頼し合っているという幻想を作り出しているのだ。レヴィンはある喜びが湧き上がってくるのを感じた。明白になったという喜び。そして、心は必然的にプルーストに向かった。しかし、いまの彼はこの偉大な作家を違った目で見ていた。プルーストもまた装う人なのだ、と彼は自分に対して言った。プルーストは街を、道路を、匂いを、人々を描写するとき、完璧な正確さを装った。しかし、結局のところ彼が描写しているのは彼の空想にすぎないのだ。

二人はレヴィンが思っていた以上に山に長くいた。ヴィンセントが持ってきたサンドイッチを路傍で食べて遅い昼食とし、森の低いほうの端にたどり着いたときは暗くなっていた。ヴィンセントが疲れるといけないので、レヴィンは運転を交代した。おしゃべりをしながら、彼は曲がりくねったり傾いたりする道を見極めようと、目を凝らさなければならなかった。ふと気づくと、ヘッドライトが届く距離がどんどん短くなっていた。しまいにヘッドライトは消え、エンジンも切れてしまった。彼は車を滑らせて道端に停め、床のエンジン始動ボタンを蹴ったが、車はビクともしなかった。「バッテリーが上がったんだ」と彼は言った。ヴィンセントがグラブコンパートメントのなかから懐中電灯を見つけ、二人で車から降りると、ボンネットを上げた。レヴィンはバッテリーの導線をいじくり、もう一度始動ボタンを試してみたが、エンジンはかからなかった。二人の男は真っ暗闇のなか、何も言わずにたたずんでいた。

「どうしましょう?」とレヴィンは訊ねた。「このあたりに人がいると思います?」

「いま僕たちのことを見ていますよ」

「どこで?」とレヴィンは言い、道端のほうに目をやった。

「そこらじゅうで」

「なぜ?」

「何が起こるかって待ってるんです」とヴィンセントは言い、楽しそうに笑った。

「それはつまり、彼らが本当に闇のなかに潜んでるってことですか?」

「そのとおりです」。ヴィンセントは前のバンパーに座り、身を前に乗り出した。

レヴィンは暗い道端のほうに耳をそばだてた。「聞こえないけど」

「あなたには聞こえませんよ」。ヴィンセントはクスクスと笑った。

「それで、彼らはどんな気分だって言うんです？」

「好奇心満々ですね」

レヴィンはヴィンセントの隣りのバンパーに座った。友人の息遣いが聞こえてきたが、暗闇で光るものがまったくないので、彼の頭さえもはっきりわからなかった。空までがまったく光っていない。この闇のなかでこちらを見ている人なんているんだろうか？　彼らは何を考えているのだろう？　われわれから金品を奪おうと考えるだろうか？　それとも、われわれはコメディアンみたいなものなのだろうか？　彼らは藪のなかの劇場で喜劇鑑賞を楽しんでいるということか？　彼はそんなことをいろいろと考えた。

「車を滑らせて降りていったらどうでしょう？　村が見つかるんじゃないですか？」

「シー」

レヴィンは耳をそばだて、じきにはるか遠くからのエンジン音に気づいた。二人は音のする方向、つまり自分たちが来た山の頂上の方向を見つめた。ヘッドライトがずっと遠くで動いていたが、やがてトラックが闇のなかから現われた。後部の開かれた荷台に人々がいっぱいに詰め込まれ、立ったまま乗っている。ヴィンセントとレヴィンは手を振ってトラックに停まってくれと合図し、ヴィンセントが運転手にクレオールの言葉でバッテリーが上がったと説明した。運転手はドアを開け、飛び降りてきた。若く、締まった体をし、驚くほど見事な英語を話す男だった。「助けになるものを持ってたはずです」と彼は言い、トラックの後部まで歩いて行った。そしてテールゲートを下げ、乗客たちに飛び降りろと言った。彼らは不平を言わずに従ったのだが、これはレヴィンらにとって興味深かった。運転手は荷台に上がり、ガラクタの山にかかっている防水シートと格闘して、それを取り除いた。そのあいだずっと英語をしゃべっていたのは、間違いなく、白人《レ・ブラン》を感心させたいからだろう。「たぶんここにあったんじゃないかと……ハッ！」彼が荷台から道路に飛び降りたとき、乗客たちは彼とともに勝ち誇ったような笑い声をあげた。彼は車のバッテリーをレヴィンに手渡した。それからトラックの運転席に走って行き、座席の下からレンチをいくつか取り出すと、車に戻った。バッテリーを外し、新しいバッテリーを置いて、導線の留め金を締める。レヴィンが身をくねらせて運転席に座り、キーを回すと、けたたましい音とともにエンジンがかかり、ヘッドライトが点いた。レヴィンは車から降り、運転手や大喜びのヴィンセントと一緒に大笑いした。

「代金を払いますよ」と彼は言った。「シル・ヴ・プレ、ペルメット……」。ありがたくも光っているオースティンのヘッドライトの前で、彼は財布を取り出した。

「ノーノー」と運転手は言い、手のひらをうえに上げた。それからクレオール語でヴィンセントに話しかけ、ヴィンセントがレヴィンのために通訳した。

「数日のうちにバッテリーを返してくれればいいと言っています」

「でも、彼の住所は？」とレヴィンは訊ねた。運転手はすでにトラックの運転席に昇ろうとしている。

「埠頭の一つに届けてくれ、とのことです。そこでジョゼフと言えば、みんなが知っているそうです」

「でも、どの埠頭なんだろう？」

「わかりません」とヴィンセントは言った。彼らは車に戻り、山を下り始めた。

レヴィンがまた運転した。自分たちが救済されたことに驚いていたが、それ以上に運転手の信頼と寛大さへの驚きに圧倒されそうだった。さらに不可解だったのは、見ていた人たちに驚きの表情が皆無だったことだ。彼らの幻想のような人生は毎日このようなことの連続なのだろうか？　突然白人《レ・ブラン》が暗い道に現われ、防水シートの下からバッテリーが出て来るというのが？　しかも、どうしてバッテリーがオースティンにぴったりのサイズだったのだろう？　それも充電されていたとは！

「彼らはこのすべてをどう考えるんですかね？」とレヴィンは訊ねた。

「いま起きたことですか？」

「ええ、われわれが突然現われ、彼がバッテリーを持っていたってこと」

ヴィンセントはくすくす笑った。「どうですかね。たぶん運命だって考えるんですよ。ほかのすべてと同じように」

「彼が金を要求しなかったことも、彼らは奇妙だと思わないんですか？　われわれがバッテリーを返すって信用したことも」

「大して奇妙だと思わなかったでしょうね。だって、ある意味ですべてが実に奇妙なんですから。奇妙なことがもう一つあったってだけなんだと思います。彼らが経験してきたことのほとんどは、簡単には説明できません。すべて荒っぽい流れなんです……何の流れかはわからないけど。時間の、かな」。このあと、彼はどの道を曲がるかをレヴィンに指示するとき以外、黙り込んだ。町は闇のなかで眠りに就き、眠っていないのはときどき通りかかる店だけだった。店といっても、道に向けて開いているカウンターにすぎず、オレンジ色のライトに照らされた客たちが座ってソフトドリンクを飲んでいた。子供たちはライトの届かないところで遊んでおり、縄でつながれたロバがゴミの山のなかで何かをむしゃむしゃ食べていた。

第三部

三十年が経った。正確には三十三年——マーク・レヴィンは時間に正確であるように心掛けているのだ。「資産目録の最後の品目」と彼は過ぎていく時間や週のことを呼んでいた。彼は時間に取り憑かれるようになったが、それは必ずしもいいことではないと自分に言い聞かせていた。七十歳を越えたいま、彼はチューリップの球根を一つひとつ植えていた。家の正面玄関前にある小さな庭に穴をうがち、球根を落としていく。アデルがずっと前に、彼に秋ごとにやらせていたように。しかし、今回彼は、花を見られるのだろうかと考えていた。いまではすべてのことが、まるである種の夢のなかのように、成し遂げるまでに限りなく時間がかかる。少し離れたところから波の音がザブン、ザブンと聞こえてきて、彼は大海がそこにあることに無意味な感謝の念を感じた。網の袋が空になると、球根のうえに土をかけ、やせた砂っぽい土を踏みつけた。土を掘る道具を車庫にかたし、地下室を通って階段を昇る。キッチンに入ると、そこのテーブルには『タイムズ』紙がべったりと初々しく置いてあった。そのニュースはすでに古びている。人生でいったい何トンの『タイムズ』を読んだのだろう？　そして、それは本当に役に立ったのだろうか？　そんなことを彼は考えた。周辺の町では、数は少ないがいい映画を上映することがあり、よく観に行った。テレビには関心がなかった。ピアノには二カ月以上触れておらず、物静かな黒い姿で彼を責めているように見えた。外の砂まじりの通りでは、日が急速に暮れていった。夕方から夜にかけてどう過ごそうか？　自己憐憫に向き合い、それを遠ざけようとする以外に何がある？

彼はアデルが死んでからの六年間、だんだんとピアノを弾かなくなっていた。次第に気づくようになったのは、自分は彼女に認められたくて弾いていたのだ、ということだ。ある程度は、確かにそうだった。だから、いまでは弾く意味のどこか一部が失われてしまった。どちらにしても、自分がかつて夢見ていたレベルまで到達できない、とりわけ一人では絶対に到達できないということを、ついに認めることになったのである。彼はキッチンのカウンターに行き着き、そこに座った。体は健康で、どこにも痛みはない。しかし、熟練した彼の内面の目は、いまでも心臓の鼓動や胃袋の位置などを監視していた。目の前の質問はこれだ、と彼は自分に向かって言った。立ち上がるべきか、なぜ立ち上がるのか。そして、どこに行くのか。リビングへ、寝室へ、客用の寝室へ、それとも人気《ひとけ》のない道を歩こうか。彼は自由な男だ。だが、義務のない自由は本当の自由とは別物なのだとわかってきた。このような状態だと、彼の思考はいつも死者たちのほうに向かう。数少ない友人たちのなかで亡くなった人々、そのなかでもつい最近亡くなった人。そうすると、かすかな誇りとともに、自分がどうしてこのように選ばれ生き残ったのだろうと考えずにいられなくなる。しかし、主だった質問のすべては回答不能なのだ。

マリーに電話してみようか？　あの愛すべき人と恋人同士のような会話をする？　でも、彼女の番号をダイアルすることで、何が変わるというわけではない。歳はまだ彼女の二倍以上だし、いまだに、そして永遠に単なる友人なのだ。愛する人と友人でいるというのは何て愚かしく、何て嫌なものだろう。「でも、私があなたの恋人になってしまったら」と彼女は言ったことがある。「ほかの人が寄りつかなくなっちゃうわ」。そう、彼女と同じ世代の人が、ということだ。ここでも時間が問題になる。しかし、彼の内部の自己中心的な部分は、納得して黙り込む前に叫ばずにいられない。彼女に電話するよりも、見込みのある方向に一歩を踏み出したほうがいい。膝をついて歩けなくなるまで、彼は自由人なのだ。

そして彼の心は、くるくる旋回する鳥のように、必然的にアデルのところに戻った。オースティンから見た彼女の姿、その古びてしまったけれども魅惑的なイメージに何度も戻ってしまう。あのとき彼女はつば広の黒い麦藁帽をかぶり、グスタフソン・ホテルの前に立っていた。そして朝の太陽の光が低いところから射し、彼女を黄色っぽい光のなかに持ち上げたかのように見えた。そう、いまとなっては、そこに永遠に固定したのだ。あのときどんなに彼女が美しく見えただろう！　彼女にもっと自分の愛を示せばよかったと、どれだけ思ったことだろう！　いや、示したのかもしれない。そんなこと、誰にわかる？　彼は立ち上がり、玄関の前にかかっている軽いジャケットを羽織った。そして外に出ると、秋の冷気が彼の身を包んだ。

日はじきに暮れるだろう。彼は、以前よりも小さくなった歩幅で通りを歩いて行き、海岸に出た。砂のうえで立ち止まり、太陽が水平線に沈んでいくのを眺める。ぎこちなく腰を下げていき、冷たい砂のうえに座り込んだ。穏やかな波が打ち寄せているが、ときどき大波が小波を押しのける。海岸は人気《ひとけ》がなく、十月が近づいているので、彼の背後にある家々もだいたいは空き家だった。彼は松の林にいたダグラスのことを考えた。おそらくもう死んでいるだろう。あの可哀そうなヴィンセントもそうだ。地元の医者が何か間違った注射を彼にしてしまい、それで死んだのだった。レヴィンとの短い付き合いのあと、ほんの一年後のことだった。

彼以外に誰がヴィンセントのことを覚えているだろうか？　そう彼は考えた。（そして、彼の心のなかではこんなに新鮮なのに、三十三年前のことだなんて！）レヴィンは波を見つめながら、やはり死んだジミー・Pのことを思い出した。彼はテレビン油蒸留所が稼働することはなかったと言った。稼動させるのを恐れたのだろうか、とレヴィンは考えた。それとも、何らかのビジネス上の理由か。あるいは、ジミーが誤解したのか？　しかし、主だった質問はいつでも回答不能なのだ。

彼は自分の孤独な生活を嫌っていた。それは悪臭を放つクロゼット、湿っぽいタオル、ぶかぶかの靴のようだった。では、あの人に求婚し、彼女を相続人にしたらどうか？　だが、金は彼女にとって何の意味もないし、彼には約束できる人生があまり残っていない。

とはいっても、空っぽな日々が面前に果てしなく広がっていくかと思うと、それも耐え難かった。ハイチに旅をしてみたらどうか？　すべてがどうなったかを見てみる。この考えは馬鹿げているように思えたが、彼を活気づけ、気怠い気持ちを吹き飛ばしてくれた。しかし、ハイチで誰に会うのか？　パット夫人はもう亡くなっているはずだし、その娘もそうかもしれない。何とも妙な話だ。こうした人々の面影を心に抱き続けているのが、彼だけかもしれないなんて。彼がその頭骨の下の柔らかい組織のなかで彼らを生かし続けている以外は、彼らはまったく存在していないかもしれないのだ。そして彼らのなかでも、ダグラスが最も生き生きとレヴィンの心に甦ってきた。特に彼のヤンキースの帽子とかすれた声。レヴィンはまだダグラスの叫び声が聞こえる気がした。「この国は死にかけてるだろ、ヴィンセント！」あの男が抱えていた苦悩！　抱いていた憧れ……何についての？彼は何をやろうとしていたのか？

灰色の海、暮れていく空を見つめていて、レヴィンの心に一つのことが突如として明らかになった。ダグラスにとって、テレビン油蒸留所は芸術作品であったに違いない。ダグラスは自分自身とそのキャリア、そして妻と子供たちまで犠牲にして、心のなかにある美の幻影を創り出そうとしたのだ。自分と違って――とレヴィンは自分自身に向けて言った

――あるいは、あの目に見えない光線を摑むことができないほとんどの人々と違って。心のなかでうごめいている光、何か新しいものを想像する力を持つ光を、ほとんどの人々は摑めずに終わる。では、大事なのは作り出すことだったのだ、と彼は考えた。まだ実現していないものを作り出すこと。「私には絶対にできないことだ」と彼は声に出して言った。体が冷えたが心は興奮して、家に向けて砂浜をのしのしと歩いて行った。

彼はしばらくリビングルームの真ん中にじっと立っていた。ある疑問に捕らわれていたのだ――彼の名前は何だったか？　あの年若い息子――今度は母親の名前が思い出せない。そうだ、リリー・オドワイヤー。ピーターだ！　そう、ピーターだった。彼はまだハイチにいるだろうか？　いまようやく四十代だろう。記憶している限り初めて、レヴィンは生命力が自分に甦ってくるのを感じた。ここにいて、大地に真っ直ぐ立つのは、何て素晴らしいことか！　自由に考えること！　自分の想像したことをそのまま生きること！　彼は手をパンと叩き、すぐにアデルの古い住所録を捜しに行った。電話の下の引き出しにそれを見つけ、旅行代理店の電話番号を捜す。ケンドール・トラベル。そう、ケンドール夫人。とても頼りになる女性だった。

「ケンドール・トラベルでございます」

まだ健在だった！　彼はその声を覚えていた。自己憐憫の波に襲われ、呑み込まれた。自分はハイチに行くのだが、今度は一人でなのだ。妻を亡くした悲しみがまた押し寄せてきた。そしてついに飛行機に乗り、どうしてこんなことをしているのだろうと彼は考えていた。誰に聞いてもどん底に沈んだと言う国に、わざわざ行くなんて。その背後には何があるのか、と彼は考えた。単に自分は暇な老人で、何かすることを捜しているだけなのだろうか。

驚いたことに、ピーター・オドワイヤーはレヴィンを覚えていた。レヴィンのほうは、埠頭のちらかった小さな事務所に入った瞬間、彼のことがわかった。プレハブ造りで、金属製の窓が港を見下ろしている事務所。港には半分沈んだ遺棄船や、錆びついた貨物船があり、その甲板に生き物の気配はまったく見えない。レヴィンがここまで来る途中に通った波形鉄板の倉庫では、十人かそこらの黒人労働者が椅子を組み立て、梱包していた。

ピーターはいまだにレヴィンが記憶している浅黒い肌の、裸足の子供のままだった。彼らがハイチに着いた夜、サクランボをぱくぱく食べていた子供。ただし、ほとんどレヴィンと背丈が変わらないくらい大きく、がっしりとした体格になっていた。彼の顔にはどこか意地悪に見えるところ、あるいは単なる強情さのようなものがあった。そのどちらかはよくわからなかったが、その目はワイマラナー犬のように灰色で、艶やかに光っていた。

「私たちは輸出用に椅子を作ってるんです。ラフィア編みの椅子ですね」とピーターはレヴィンの質問に答えて言った。「どうしてハイチにいらしたんですか？　どうやって私を見つけたんです？」

「グスタフソン・ホテルのマネージャーです」

「そうだ、フィルですね。で、何かお力になれることがありますか？」彼の目にはどこか後ろめたそうなところがあった。

「あなたにお時間は取らせませんが――」

「あなたがあの夜、ピアノを弾いたのを覚えていますよ。奥さんと連弾でね」

「忘れてました」

「あのピアノで本物の音楽が演奏されたのは初めてだったんです」

「あのときのことはもう何年も考えていませんでした。実のところ、あなたがおっしゃったので思い出しましたが、シューベルトの曲だったと思います」

「ああいう音楽は知らないんですが、でも本当に素晴らしかった」。ピーターのあからさまな称賛にレヴィンは驚き、話がしやすくなった。「まだ弾いてらっしゃるんですか？」

「いや、真剣には弾いていません。一つには、妻を亡くしたっていうのがありまして」

「それはお気の毒に。それで、何かお力になれることがありますか？」とピーターは繰り返した。今度はしっかり問いただすようなところがあった。

「あのテレビン油蒸留所がどうなったかと思っていたんですよ。山のうえの松林にあった」

「何ですって？」

「蒸留所です。ダグラスっていう男がそこに作ったんですよ。彼はヴィンセントの親友でした」

「ヴィンセントは亡くなりました。ご存じでしょうが」

「聞きました。ダグラスのことはご存じないですか？」

ピーターは首を振った。

レヴィンは道を阻まれたように感じた。白人が少ししかいないこの小さな国では、白人たちがみな互いに知り合いなのではないかと思っていたのである。レヴィンは不安を感じ、ピーターのポカンとした正直そうな顔を見ていると、一つの疑問が心に湧き上がってきた。

ダグラスは本当に存在していたのだろうか（もちろん、存在していなかったなんてあり得ないのだが）？

レヴィンは微笑み、ダグラスを軽く扱おうとして、こう言った。「ちょっとおかしなやつでしたよ。あの森のなかに住んでました。壊れかけたバンガローで、家族と一緒に」

ピーターは首を振った。「聞いたことがありません。母はその人を知っていましたかね？」

「そうは思いません。でも、聞いたことはあったはずです。お母様は……？」

「亡くなりました。祖母もです」

「お悔やみ申し上げます」

「その人と会って、どうするんです？」ピーターの好奇心は少なくとも掴んだようだ。しかし、この率直な質問に出会って、レヴィンは当惑した。彼と会ってどうするつもりだったのだろう？「そうですね……興味があるんですよ。彼が本当に蒸留所を稼働させたのかどうか。というのも、ヴィンセントはとても心配していたんです。爆発するんじゃないかって」。このように説明するのは、われながら滑稽に思われた。三十年前の爆発のことでここに来た？　そこで、話を現実的にするために、彼はビジネスのほうに話題を向けた。

「ダグラスは松林の樹脂を使うつもりだったんです。テレビン油の大きな市場がここにあると考えていて」

驚いたことに、ピーターは同情と好奇心の入り混じった表情になった。「あの松林から？　本当ですか？」何かが彼の想像力を捉えたのだ。

狂人と思われていないことにホッとし、レヴィンはさらに厳しい現実へと踏み込んだ。

「最高の樹脂とは言えませんが、ヴィンセントによれば、充分にいいものだったんです。でも、装置がすべてにわか作りで、古い部品をつなぎ合わせたものでした。なのに圧力はものすごく高くなる。だから爆発してしまったのかどうか、気になっていたんです」

「で、そのために来たんですか？」とピーターは訊ねた。批判的というより、さらに興味を抱いた様子だった。レヴィンはそれを見て、彼と自分は何らかの漠然とした欲求、ある種の見解、感情のようなものを共有していると感じた。告白した安堵感から、彼は笑って言った。「何とかあそこに戻ってみたいんですよ。もうなくなっているでしょうけどね。でも、そうでないかもしれない」

「どうやってあそこまで行くおつもりなんですか？」

「わかりません。車を借りようかと思っていました。それが可能ならですが。ここはかなり混乱した状態ですよね」

「私がお連れしましょう」

「本当ですか？　そうしていただけたらとてもありがたい。私はいつでも行けます」

「明日はいかがです？　その前にここでやらなきゃいけないことはあるんですけど」。ピーターは立ち上がった。レヴィンも立ち上がり、感謝して手を差し出した。そして、握り返してきたピーターの手に力を感じた。水上から陸に上がったような気持ちだった。


ランドローバーのトラックは激しく揺れた。ディーゼルエンジンはベアリングを入れた樽が回転しているような音がした。ピーターは黄褐色のシャツに白のフランネル製のズボンと分厚くて擦り切れたワークブーツをはき、テキサコのロゴの入った野球帽をかぶっていた。シャツの袖は几帳面にまくり上げられ、太くて日焼けした前腕をさらけ出している。馬の頬のように引き締まった腕だ。後部座席にはフルサイズのマットレスが広げられ、赤い格子縞の毛布が掛かっており、頭の側に枕が二つ置いてあった。グスタフソン・ホテルの前でホテルのマネージャーとおしゃべりしながら車を待っていたとき、マネージャーはこの車が近づいてくるのを見てニヤリと笑った。そして、「このマットレスでよく夜を過ごしているらしい」というようなことを、意地悪そうな笑みを浮かべたまま言った。今日のピーターは日焼けした顔がさわやかで、なかなかハンサムだった。昨日初めて会ったときほど警戒しておらず、熱意が感じられた。町から離れ、松林のほうにのぼって行くにつれ、ピーターの声は遠足を楽しんでいるかのように弾んできた。「このあたりまでのぼるのは、子供のとき以来です」と彼は言った。

「ほかにのぼる道はあるんですか?」

「いえ、どうしてです?」

「私が覚えているのと違うんですよ。このあたりに森はなかったですか?」

「あったかもしれません」

ピーターは山道をのぼるために四速から三速にギアを落としていたが、ときには二速にまで落とさなければならなかった。道のどちらの側も土が剝き出しになり、崩れて埃や砂になって、遠くまで広がっている。レヴィンの記憶では、このあたりも木々が生い茂っていたはずだ。彼らの目の前には薄いベージュの岩盤が広がり、そこで舗装道路が終わっていた。

「頂上までどれくらいありますか?」

「少なくとも一時間はかかるでしょう。この道じゃあ、もっとかかるかもしれない」

「ヴィンセントは森が盗まれているって言ってました」

「ええ、すべて盗まれましたね」とピーターは言った。

「信じられない」。レヴィンは荒れ果てた光景を手で指し示した。

ピーターは頷いただけだった。彼が何を感じているかはわかりにくい。そのとき彼はブレーキをかけ、道の真ん中にある一メートルほどの深さの溝をじっくりと見た。それからトラックを溝のなかに進め、またのぼって脱け出した。トラックの硬いフレームが軋んだ。

「いやはや、もっといい道だったと記憶していますけど」

「浸食ですよ。木がすべて伐採されたところに、このあいだのハリケーンで何もかもやられました」

「永遠に失われた感じですね」

ピーターはかすかに頷いた。

「この国を食い物にして、糞にして出したようなものですね」

ピーターが自分をちらりと見たのに気づき、レヴィンは汚いことを言ってしまったと悔やんだ。この国の状態はあまりにひどいので、それに憤ることは自分勝手な行為にさえ思われてくるのだ。

実のところ、レヴィンの憤りを見て、ピーターは少年時代に知っていた人々のことを思い出していた。彼の父、祖母、それから母も、かつてこのように、この状態を改善する手立てがあるかのように、しゃべっていたのだ。この考え方が彼には面白かった。古いジャズのように、遠いものとしての面白さだった。そのリズムは好きなのだが、歌詞は馬鹿げていて、古臭く感じてしまうのだ。

岩盤はここで傾いていた。ピーターはレヴィンにのしかからないようにするため、ドアのハンドルにしがみついた。レヴィンはダッシュボードを摑んでいた。こんなに道がひどかった記憶はまったくない。やがて右側に人々が現われ、それからテーブルのようなものが見えてきた。地面にいくつものテーブルが置かれている。ピーターは岩だらけの荒れ地に入って行き、トラックを停めた。テーブルが並ぶ向こうには掘立小屋が集まっている。小さな集落だ。自分にとってだけでなく、ピーターにも目新しい光景のようだ、とレヴィンは思った。

集まっていた人々はだいたい女性だった。ぼろ着を着て、自分のテーブルのあたりを歩き回っている。テーブルに商品を置いているのだが、買い手もいないところに置かれた商品は何とも場違いな感じだった。ピーターとレヴィンはテーブルとテーブルのあいだを歩き回り、女性たちに頷いたが、彼女らは二人の挨拶にほとんど反応しなかった。テーブルに置いてあるのは古い櫛、組み合わせのおかしな食器類、ナイフやスプーンやフォーク――そのうちのいくつかは錆びている――そして、一つのテーブルには、太陽と雨に晒されて不透明になった古いソーダの瓶や、瓶の蓋、鉛筆（使いかけのものも）、擦り切れた靴が置かれていた。そこらじゅうの足下には、飢えで体の膨らんだ子供たちがいて、食べ物もないのに口をもぐもぐさせている。何人かは一歳にも満たないだろう。ピーターは、何か読めない文字が刻んである小さなスプーンを取り上げ、女に金をやった。最後に彼らは立ち止まり、まわりを見渡した。人々は彼らを見ていない振りをしていた。

「どうしてこんなことをするんですか？　客はどこから来るんです？」

ピーターは肩をすくめ、この質問に困っている様子だった。レヴィンが墓場で大声を出したかのようだった。彼らはトラックに戻った。

約一メートルの高さの鋼索がところどころ残っていて、そのあたりが道だったことがわかる。いまは寸断されているが、かつてはその鋼索が道の縁を示していたのだ。「私が間違っているのですかね？」とレヴィンが訊ねた。「ここはすべて森だったんじゃないですか？」

「わかりません。たぶんそうでしょう。ただ、百年前、この島の地表の八十パーセントは森だったのに、いまは三パーセント以下なんですよ」。少し黙り込んでから、彼は言った。

「そのダグラスって男に会ったんですよね？」

「ええ、ちょっとだけですけど。ここに来たのは一日だけですから」

「その人は何をやろうとしてたんですか？」

「うまく言えないんですが、ほとんど熱に浮かされているようなもんでした。ヴィンセントは彼がちょっと狂っていると思ってましたね。でも、彼は自分自身だけじゃなく、この国のためにも何かしようとしていました。ちょっとした産業を始め、雇用を作り出し、国民に誇りを与える。彼がそう言うのを聞きましたよ」

「それで、あなたは興味を持たれたわけですか？」ピーターの声には皮肉っぽい抑揚や冷やかしのようなものはなかった。

「よくわかりません」とレヴィンは言った。「ある意味で、そうだろうと思います」

「どういう意味で？」

「正確にどう言ったらいいのかわからないのですが、彼の信念でしょうね。それに感銘を受けたんです。クレージーな形ではあったけど、彼はこの国を愛していたと思います」

ピーターは唐突にレヴィンのほうを向き、それからまた道路に目を向けた。「この国のどこを愛してたんでしょうね？」と彼は訊ねた。この質問は彼にとって重要である様子だった。

「さあ、何でしょう」とレヴィンは笑った。「改めて訊かれると、わかりませんね」。少ししてから彼は言った。「ダグラスって人のこと、本当に聞いたことがないですか？」トラックは左右に大きく揺れながら走っていた。

「ええ。でも、あの当時はそこらじゅうを駆け回っていて、立ち止まって耳を傾けることがなかったんですよ」。少し黙り込んでから、彼は恥ずかしそうに言った。「あなたはこれのためにはるばるやって来たんですか？」

レヴィンは当惑した。「まあ、あまりすることもないもので。妻を亡くし、友人たちもほとんどいなくなりました。どうしてかはよくわからないのですが、あの男が心にしょっちゅう甦ってくるんですよ。よく彼のことを考えます。それに正直に言うと」と言って、彼はクスッと笑おうとした。「ときどき、あれは夢だったんじゃないかって思えるんです。それで、ここに来てみたら」ここで彼は本当に笑った。「一人も証人が残ってないというわけです！」

ピーターは黙って運転を続けた。大きな穴があれば、慎重に迂回しながら走る。残った松林がところどころ現われるようになり、空気が冷たくなってきた。レヴィンは続けた。

「本当に正直に言いますと、どうして来たのか自分でもよくわからないんです。ただ、来なきゃいけないと感じました。これはほとんど……」。彼はまた笑った。「正気を保つという問題なんです」

ピーターは彼のほうをちらりと見た。

「あの蒸留所を本当に捜したいんです、可能ならば。もう一度どうしても見たい」

「わかります」とピーターは言い、それから付け加えた。「私も見たいです」

彼らは涸れ谷を苦労してのぼり、のぼり切ったところで、百メートル近く先に別のランドローバーが見えた。荒れ地に停車し、そのまわりに五、六人の人々が座っている。ピーターは車を寄せ、外に出た。レヴィンもあとに続き、その車のところに行った。右にかなり傾いているタクシーだ。男がその下に横たわっている——修理しようとしている運転手だろう、とレヴィンは思った。見ている連中はおかしな集まりだった。乾いた地面に新聞を敷いて座っている陰気そうな若い女。赤く短いドレスに黒い網のストッキングとハイヒールをはき、大きな真鍮のイヤリングをつけ、髪は頭のうえに高々と結っている。彼女の横には小柄だが大きな腹をした男が座っている。ピストルを腰につけ、羊を守る牧羊犬のような目をときどき彼女に向けている。痩せこけた女が赤ん坊を抱っこして平らな岩に座っている。ほかには、立って煙草を吸っている若い農民が二人と、両膝で頭を抱えるようにして座っている若い男が一人いた。

ピーターが車台《シャシー》の下を覗こうと屈み込んでも、誰も何も言わなかった。彼のほうも周囲の人々に気づいた様子もなく、誰にも挨拶していない。それから彼はクレオール語でタクシー運転手に話しかけ、運転手は作業をやめて、柔らかな口調でピーターの質問に答えた。レヴィンは後ろからガチャガチャという音が聞こえてくるのに気づいた。振り返ると、体が茶色で顔は白い馬と騎手が、こちらに向かって荒れ地を走ってくる。小さいが、美しい形をした馬で、アラビア種らしい頭と、細くて落ち着きのない脚の持ち主だ。騎手が馬を止めても、脚は止まることなく、転がっている石に蹄がカチカチと当たる音が響き続けていた。馬の首には引き船に使うくらいの太いロープが巻かれ、顎のところできっちりと縛られている。騎手は髪を長いドレッドロックにし、顔には溌剌とした微笑をたたえていた。

「みなさんに神のお恵みを！」と騎手は元気な声で言った。「この世界の苦しみに思いをはせ、健康と健全な精神を神に感謝しましょう！　こんにちは、兄弟たち、姉妹たち、生きとし生けるものたちに善意を込めて！」

そこにいた人々は彼のほうを向いて耳を傾けたが、反応はしなかった。ピーターは騎手の近くまで歩いて行き、「問題が生じたんだ」と言った。

「でしょうね、わかります」と騎手は言った。「でも、もっとひどかったかもしれない。それは疑いの余地がありません」

「そのロープを買いたいんだ」とピーターは馬の首に巻いてあるロープを指さした。

「いや、それは無理です。縛っておかないと、私が降りたとき、馬が逃げちゃいますよ」

「お金は払うよ。それでまたロープを買えばいい」

「でも、どうやって私は降りるんです？」

「誰かを見つけて、君がロープを買っているあいだ、馬を押さえていてもらえばいい」

「ノーノー」

「そのロープに、アメリカドルで一ドル払うよ」

「ノーノー」

「じゃあ、二ドル」

「このロープに？」彼は考え直している様子だった。

「ああ」

「ノーノー」と騎手は言った。馬は目を丸くしていたが、突然くるりと踊るように一回りし、ピーターにまた顔を向けた。不思議なことに、騎手はロープの結び目を解き、馬の首から外して、ピーターの手にそれを置いた。ピーターは財布を取ろうとしたが、騎手は手綱を必死に握ろうとし、ピーターたちに顔を向け続けるためには、顔を左右に動かし続けなければならなかった。そして片腕を上げ、「神を忘れるなかれ！」と叫ぶと、姿勢を低くして馬にしがみついた。馬は跳ぶように走り去っていき、蹄に蹴散らされた石は、剝き出しの土の斜面をガタガタと落ちていった。

三十年前、思いがけずバッテリーをもらったときのことがレヴィンの心によぎり、背中がぞくぞくとした。ピーターはトラックの横にうずくまり、ジャッキをフレームの下のどこに置いたらいいか、運転手に指示していた。U字形ボルトが折れ、フレームのつなぎからスプリングが外れてしまっていたのだ。ピーターの命令は乱暴なくらい簡潔で、短気で、ときには蔑んでいるように聞こえるくらいだった。「違う！　左だ、左。右と左もわからないのか？　それをそこにはめ込んで、ギュッと押さえつけろ。そうだ。じゃあ、出て来い」。運転手がのたうつようにトラックの下から出て来ると、ピーターは地面に横になり、ロープを持ってトラックの下に入って行った。人々の集団は何も言わずに見つめていて、興味は持っているようだが、近寄ろうとはしなかった。ピーターが作業しているあいだ、誰もが何も言わずに待っている。やがて彼は車の下から出て来て、汗を拭くようにと差し出された青いバンダナを頷きながら受け取った――感謝するというより、無言で承認している感じだった。差し出したのは、ピストルを腰につけた男である。骨と皮ばかりに痩せている運転手は疲れ果てた様子で、お辞儀をしながらピーターの前に立っていた。

ピーターが言った。「ゆっくり運転しろよ。そんなに長持ちはしない。ゆっくり運転しろ」

人々は一列になってランドローバーに乗り始めた。レヴィンはピーターのシャツの背中についた泥を払ってやった。ピストルを持った男が赤いドレスの女の腰のあたりに手を当て、一緒に乗り込もうとしている。男はピーターに向かっておもねるように頷き続け、ピーターは彼にバンダナを返し、腰のリボルバーに指さして言った。

「それ、このあたりで必要なのか？」

「悪い連中が森から出て来るようになったんです」と男が言った。

「この辺に軍隊はいないのか？　憲兵《ジャンダルマリ》は？」

男はかすかに笑って、頭をのけぞらせた。それから会釈し、女に続いてランドローバーに乗り込んだ。

ピーターは何も言わず、怒っている様子で運転を続けた。彼のシャツが汚れてしまったことに、レヴィンは責任を感じた。この小旅行自体の恐ろしいほどの無意味さにも、彼らが通過しなければならない荒れ地の醜さにさえ、責任を感じた。

「妙なことですよね、彼があなたにただでロープを渡したっていうのは」と彼はピーターを元気づけようとして言った。それから、三十年前に男がバッテリーを貸してくれたことについて、彼に話した。それは、ちょうどこのあたりだった。

「関係があるってことですか？」とピーターが訊ねた。

「わかりません。ただ、異常に思えるんです。というか、人々はいつもこんなふうに他人を助けるんですかね？」

ピーターは少しだけ考えた。「そうじゃないでしょう。でも、人々がどうしてこういうことをするのか、私には理解できません。ただ、したいからしてるんじゃないでしょうか」

レヴィンはふと思った。ピーターがあそこで車を停め、タクシーを修理したときも、報酬などはまったく考えていなかったのではないか。彼は恥ずかしく感じ、それから自分が愚かしいように思った。あの騎手の贈り物が理解できなかったように、そして数十年前のトラック運転手の贈り物が理解できなかったように、自分は横にいる男のことを理解しようとしても、絶対にできないのだ。おそらく最大の謎は、手を貸してやっている人たちに対してピーターが感傷的な思いも情熱も感じていないように見える点だろう。彼が運転手にああしろこうしろと指図する声には、軽蔑に近い調子さえあった。なら、どうして彼は手助けをするのだ？

不揃いな松の木々が道の両側に現われ始めていた。木と木のあいだには数限りない切り株があった。道はまた舗装道路になっている。ピーターはレヴィンをちらりと見て言った。

「近づいているはずです。見覚えがありませんか？」

「彼らは脇道のバンガローに住んでいたんですよ。マネージャーの事務所から遠くないところにありました。私の記憶が正しければね。道の右側にある建物でした。でも、木がなくなっているので、見覚えがあるかどうかはわかりません」

「事務所はもう少し上がったところだと思います。あそこで訊ねてみてもいい」。しかし、突然レヴィンは白い石が積み上がっているのに気づいた。右に入っていく土の道の脇である。「これです！」と彼は叫んだ。ピーターはトラックのハンドルを切り、その狭い道に曲がっていった。百メートルほど入ったところに、バンガローが建っていた。

レヴィンは言った。「私が最後にこれを見たのは三十三年前ですよ」。ピーターはポーチの前に車を停めた。網戸は破れ、窓は割れ、ドアは外れかけて開いたままだった。場所全体が陰気な印象を発している。レヴィンが車から降り、ポーチに足を踏み入れると、虚ろな音がした。ピーターは少し離れてついてくる。レヴィンは立ち止まり、あたりを見回した。まだ庭に残っているゴミ、雑草、枯れた藪。結局のところ、夢で見たわけではなかったのだ。青写真を見ながら、お茶を出してくれと叫んでいるダグラスの姿が目に浮かんでくる。彼の妻は腕を吊り、ピンクのブラウスを着て現われる。彼らは体制を打破するはずだった。映画を見せながら海をクルーズし、夜はデッキに横たわって、星と戯れる。それからテレビン油と出くわし、人の役に立つことをしよう、重要な人物になろうとしたのだ。レヴィンはリビングルームに入って行った。バラバラになりかけた四冊の本は、まだ暖炉のうえに並んでいる。炭になった二本の長い丸太が暖炉のなかにあるが、途中までしか焼けておらず、ずいぶんと前に冷たくなった様子だ。オルガンはまだ壁際に置かれていた。ダグラスの妻がかつて彼に弾いてくれと言ったオルガン。どうして彼が弾けることを彼女が知っていたのだろう？　いまとなっては、永遠にわからない。彼はオルガンのところに行った。足音が響き渡る。鍵盤からは象牙が剝がされていた。彼は椅子代わりの箱に座り、ペダルを踏んでみたが、送風機が腐っていて、ぜいぜいという音がするだけだった。ダグラスの妻が出て来たときのことを思い出した。ピンクのブラウスを着て、手で守るようにギプスを抱えていた姿。レヴィンはあたりを見回した。部屋は彼の記憶のとおりだ。盗むに値するものなど何もなく、彼らの夢や驚きも、彼らとともに消えたのだった。ダグラス夫妻もヴィンセントも、人の役に立ちたいという思いに捕らわれていたのだろう。しかし、最後には別のものが勝利を収めたのだ。

「蒸留所を見つけられるんじゃないかって、思うんです。あの日、ここから車で行ったんですよ」。ピーターと並んで外に出たとき、レヴィンは言った。ピーターの表情は和らいでいた。「昔もこんな感じだったんですか？」と彼は訊ねた。探究というロマンが彼の心に入り込み、それを気に入った様子だ。まったく利益にならないからこそ、彼の心に訴えたのだろう。そうレヴィンは考えた。失われたものに惹かれる、ロマンチストの本能。おそらく、彼の母が父の代わりに別の男を選んだからだろう。レヴィンはそんな推測もした。彼自身と同じように、ピーターは片足を崖の縁から出し、立つことのできる雲を捜しながら、人生を生きているのだろう。

　ピーターはトラックを舗装道路に戻し、ゆっくりと運転した。レヴィンは路傍の蔓植物や藪に目を凝らし、見覚えがある景色を捜した。マネージャーのオフィスだったアルプス式の丸太小屋を通り過ぎるとき、ピーターはさらにスピードを緩めたが、車は一台も停まっておらず、なかには誰もいない様子だった。「まあ、政府の役人とは関わりたくないですからね」とレヴィンは言った。アデルが死んで以来、彼女の不在をここまで実感したのは初めてだった。いま、ここにいてほしい。トラックのなかに。死ぬ四十年前、二十代の彼女の姿が目に浮かんだ。筋肉の引き締まった体で、彼を抱き締めている。私自身も失われたものを捜しているのだろう、と彼は考えた。この考えが、ここへの帰還に光を当てているように思われ、思わず微笑んだ——じゃあ、私が捜しているのは彼女なのか？　彼は声に出して言いそうになり、それから考えた。まあ、それは何にも負けない立派な理由だ。

　彼らは一キロほど走り続けた。蒸留所がこんなに遠くだった記憶はないとレヴィンが言い、ピーターがトラックを停めると、ちょうどそのとき近くでチェーンソーを使う音が聞こえてきた。二人はトラックを降り、灌木のなかに入って行く狭い小道を見つけ、しばらく歩くと、開けた場所に出た。四人の男たちが、倒れている松の木を叩き切っていて、近くに幹が積み上げられている。見知らぬ男たちが現われたのを見て、四人はすぐに手を止め、白人《ブラン》たちが何か言うのを待った。一人だけ老人がいる以外、みな二十代の若者だ。老人は白髪で、腰が曲がり、ボロボロのオーバーを着ていた。片手になた《マチェーテ》をぶら下げ、もう片方の手には杖代わりの棒を握っている。彼は息を切らしていた。彼に向かってピーターは歩いて行き、軽く帽子に触ってから、静かな声でかなり堅苦しく挨拶した。それから、このあたりで長いこと働いているのかと訊ね、老人は生まれてからずっとここで働いていると答えた。ほかの男たちは見ているだけだったが、不法侵入したかのように警戒している様子だった。

「向こうのバンガローに白人がいたはずなんだけど。奥さんと、子供二人とで暮らしていた。テレビン油を作る機械を動かそうとしていたんだ。聞いたことあるかい?」

「わしはそこで働いとったよ」と老人が言った。「若かった頃な」

「それで、機械はまだそこにあるかな?」

「あっちだ」と老人は言い、ピーターとレヴィンが来た方向を指さした。

オクタヴァスという名の老人をあいだに座らせ、彼らはトラックで舗装道路を戻っていった。老人はなたの刃《マチエーテ》を下に向け、膝のあいだに抱えていた。平たくつぶれたような顔に、小さな目。彼のじめじめした匂いが運転席に充満した。「古い鉄のような匂いですね。鉄が匂うなら、ですけど」とピーターはレヴィンに向かって言った。それからオクタヴァスにクレオール語で訊ねる。「パパ、われわれは近づいているの？　それとも遠ざかっている？」

「プレ、プレ」と老人は言い、前方を指さした。

「プレは二マイルって意味じゃないかな」とピーターは言った。ちょうどそのとき、老人は指を藪に向かって突き出し、しわがれた声を出した。「ヴラ、ヴラ」。そして、ゲームをしていたかのように笑った。

オクタヴァスは体がこわばっていて、板のように椅子のうえを移動し、地面に滑り降りなければならなかった。藪のほうへとよろけながら歩いて行くとき、ピーターは彼の肘を支えてやった。オクタヴァスはなたで《マチエーテ》藪を分けていき、枝が顔に当たらないように背筋を伸ばした。海を二つに分けるように進んでいるな、とレヴィンは思った。この空間を守るかのように、棘のある蔓植物が彼のシャツやズボンに引っかかってくる。レヴィンは後ろからついて行きつつ、いつしか息を切らしており、この土地の標高を思い出した。それとも、これは長いこと待ちわびていた心臓発作だろうか？　息を吸おうとしてハーハーやっていると、ジミー・Pのつぶれた鼻を思い出した。息苦しくなると、彼がボクサーのように鼻を鳴らしていたこと。その姿を思い浮かべて、彼が死んだのはもう二十五年くらい前だと思い出した。ロシアに対するジミーの卑屈なほどの信頼はどうなってしまったのか？労働者階級には美徳が埋め込まれているという信念、歴史が情け深い社会主義へと必然的に展開していくという信念は？　あそこまでの深い信念は、ほとんど形と重量を持っているほどであり、埋葬してもいいくらいだった。国民の休日というのも、人々が死んだ信念を再訪できるのであれば、いいものかもしれない。おかしなものだ。ジミーが地上から消えたことよりも、彼の情熱や、そこに注ぎ込まれた愛と復讐の念がすべて消えたことのほうが、受け入れ難いなんて。こうした信念が無駄になることほど、気の滅入るものがあるだろうか？　それによって間違った方向に導かれた人々の消えゆく足跡しか残さないのだとしたら？　それとも、こうした努力のすべてにはもっと別の意味があるのだろうか？そんなことを彼は考えた。

彼らは開けた場所に入っていった。そこは切り株と雑草でいっぱいだった。老人は立ち止まり、まだ彼の肘を摑んでいたピーターも止まった。老人がよろめいたら、いつでも支えようと構えていたのである。老人が右側を指さし、そちらを見ると、低い丘《ビュート》があり、その基部には棘のある蔓植物が密生していた。三人の男たちは近づき、蔓の隙間に目を凝らした。藪の暗がりに目が慣れてくると、そのずっと奥に背の高い物体が見えてきた。幅二メートル、高さ四、五メートルほどの黒いチューブ。丘に向かって斜めに傾き、その頭部をもたせかけている。まるで疲れ果てて、休んでいるかのようだ。

「なんてこった」とピーターは囁いた。「本当にやったんだな」。そのとんでもなさに笑い出したが、目は真剣だった。

「驚きますよね？」とレヴィンは言った。旅の苦労の埋め合わせになるくらい、ピーターが興奮している様子を見て嬉しくなった。また、本当にあったことだと証明できてホッとした。「彼はこれを港から運んで来たんですよ！」彼は笑い、幸せのあまり、本音をピーターに打ち明けずにいられなくなった。「実を言うと、すべて夢だったんじゃないかって思いかけていたんですよ。ある種の妄想を自分で作り出したんじゃないかって。本当にホッとしました。でも、まだよくわからないですけどね」

「まあ、百聞は一見に如かずですよ。近づいてよく見ないと」とピーターは言い、オクタヴァスからなた《マチエーテ》を借りると、タンクのまわりに密生している蔓植物を叩き切っていった。レヴィンは切れた蔓を引っ張って取り除く手助けをした。

彼は息を切らしながら言った。「アフリカで見たことがあるんです、妻と私で。「ヒョウの巣みたいですね」とていうのはイバラの藪の真ん中に巣を作って、こっそりと暮らすんですよ。ちょうどこんな感じです」。密生したユーカリを引き剝がすと、メインタンクが陽光の下に現われた。数台の小型タンクがそのまわりに置かれ、パイプでつなげられている。パイプのいくつかは、ほかのタンクとつながっていたに違いないのだが、中空で途切れていた。装置全体が彼らを見下ろしているさまは、蛇の腕をした神のようだ、とレヴィンは思った。ある存在感があり、読み取られることを求めている意図がある。そして、最初に見たときよりもずっと立派だった。おそらく高さ六メートル、幅三メートルはあるだろう。

「すごい！」とピーターは言った。「その人は本気だったんですね！　これをみんな引きずって来るなんて！」

「彼がこれに点火したのかどうか知りたいな」とレヴィンは言った。

ピーターはオクタヴァスのほうを向き、クレオール語で訊き始めた。この蒸留所を稼働させたのかどうか。老人は溜め息をつき、切り株に座り込んだ。ピーターはゆっくりと腰を下ろし、老人の話を通訳した。レヴィンは屈み込み、尻もちをつく形で座った。老人の声はしわがれ、ガサガサと響いた。

ミスター・ダグラスはタンクに点火し、オクタヴァスとほかの三人が松の樹液を搾った。ジャマイカ人のヴィンセントがその工程を監督しに来たのも覚えている。ただし、彼が来たのは一日だけで、あとはもう来なかった。彼らはテレビン油を作った。それは松から出て来る奇跡のようだった。最初の製品からみなが一リットルずつ与えられ、あとの樽は港にトラックで輸送された。それから病人たちが現われ始めた。彼らはテレビン油が欲しくても金がないので、ミスター・ダグラスは一、二カップずつ彼らに与えるようになった。腸の病気、皮膚炎、口内炎などに効き、赤ん坊の病気にも役立ったのである。しまいには病の治療薬を求めて、群衆が押し寄せるようになった。ダグラスは医者のように彼らの病気を診ることとさえし、彼の妻は看護師のように働いた。「山羊の肉や庭の豆で支払いをしようとする者もいたが、ミスター・ダグラスが操業を続けるために必要なのは金だった」とオクタヴァスは言った。「わしの家族も店を経営していたから、わしもビジネスのことはわかる。だからミスター・ダグラスは港の銀行に行って融資を頼み、彼らは人を送って蒸留所を審査した。これは適切な種類の松ではない、と彼らは言った。だから金は払えない、と」

「わしらはこんな調子で五、六カ月働いた」とオクタヴァスは続けた。「そうしたら、ある朝、わしらが働き始めたとき、ミスター・ダグラスがやって来て、仕事をやめるように言った。わしらに払うお金がなくなったと言うんだ。わしらは座り込んで、話し合ったが、どうしたらよいかを思いつくものは誰もいない。そこでわしらは立ち去り、二度と戻らなかった。しかし、わしは家が近所だったから、ここがどうなっているかが気になって、数日おきにここを訪れた。彼がまた操業を始めるんじゃないかと期待していたんだ。そうしたらある朝、彼がメインタンクの前の地面にうずくまっていた。お祈りをしているみたいだったが、まったく身動きしない。わしが彼に触れると、彼は私を見上げたが、その顔は骨と皮だけになっていた。奥さんがどうなったかも言っておかないといけない。彼女は腕が腫れ上がり、手術を受けるため、子供を連れてアメリカに戻った。わしらは二度と彼女に会うことはなかった。だが、ダグラスはわしの手を握り、わしらは長いこと地面に座っていた。彼はとてもうまくクレオール語をしゃべったので、わしはそれをよく覚えている。彼はもう死ぬのだと言い、私の働きに感謝すると言ってくれた——わしは怠慢な仕事を許さなかったし、ほかの者たちを監督する立場にあったからだ。彼はわしが所有者になるべきだと言い、シャツのポケットから書類を出して、わしに手渡した。英語で書いてあったから、わしには読めない。そこで司祭さんに読んでもらったところ、わしが相続すると書いてあった。だが、労働者に支払う金をどこで手に入れる？　それで、蒸留所は終わった」

「彼を見たのはそれが最後かな？」とピーターが訊ねた。

「いや、しばらくして彼の家に行った。彼が病気だということを知ったので、様子を見に行ったのだ。彼は一人きりで、老婆の一人が彼に山羊のミルクを与えるとか、そういった世話をしていた。彼はわしに会えて喜んでくれ、わしの手を握り、紙に何か言葉を書いて、わしにくれた。それをわしはいつも持ち歩いている。生きている彼に会えたのはそれが最後だった」

彼は腋の下に手を入れて、擦り切れた子山羊革の袋を取り出し、なかから紙切れを出した。黄色く変色したノートの一片で、うえにダグラスの名前が優雅な文字で印刷されていた。ピーターはそれを読み、レヴィンに手渡した。**もしアイデアが去っていくなら、追うな。しかし捕まえておけるのなら、手放すな。いつかそのアイデアがあなたを高みへと連れていく。**そして、**ダグラス・ブラウン**と署名してあった。

ピーターは老人をじっと見つめてから訊ねた。「どのアイデアのことを言っていたのかな?」レヴィンはピーターの声に憧れのような調子を感じ取った。

老人の頭はブロックのように四角かった。かつてはとても強靭な体をしていたに違いない。彼は深刻な顔をして首を振り、言った。「わからない。まったく理解できなかった。タンクのこと……」

彼は話すのをやめ、タンクのほうを向き、長いことじっと見つめた。その表面に何かを浮かび上がらせようとしているかのようだった。老人から見ても、これだけ長い年月を隔てると、すべてが夢のように感じられるのだろう。そうレヴィンは考えた。老人は何かを言いかけたが、諦めた。首を振り、小さな目をしばたたかせる。レヴィンは考えた。**そしてすべて忘れられていくのだ。その人生、思いやり、そして希望のすべてが――一貫性のないものであったにせよ。**

道に向かって戻っていくとき、レヴィンは草のなかで輝いているボルトを見つけた。それを拾い上げ、ポケットに入れながら考える。これだけの月日が経ってもまだ輝いているなんて、いったいどんな金属なんだろう。トラックに戻ると、レヴィンは老人が感動し、満足している様子なのを見て取った。「お爺さん、幸せそうですね」と彼は言った。

「まあ、あのことを伝えたわけですからね」とピーターは言った。

弾性の少ないスプリングのために、ドスンドスンと左右に大きく揺れながら、ランドローバーは荒廃した山腹を掻き分けるように下りていった。ほとんど消えてしまった路面の激しい勾配を、ディーゼルエンジンが軋るような音を立てて進む。窓の外を見つめてレヴィンは言った。「すべての風景が本当に破壊されましたね。こんなことがあり得るなんて、とても信じられなかったでしょう。かつてはとてもいい道路があったんですから」

ピーターは頷いただけだった。彼の沈黙は一種の哀悼の念の表われだ、とレヴィンは気づいた。自分の人生よりもはるかに大きなものへの哀悼の念。国全体が息苦しい欲望に溢れていて、何も変えようがないという彼の絶望的な気持ちを前にすると、それは言葉で言い表わせるようなものではないのだ。二人とも黙りこくっているあいだに、レヴィンはずっと昔、最後に山を下りたときのことをもう一度思い出した。ヴィンセントとともに、そう、いまは亡きヴィンセントとともに、パット夫人とアデルのもとへ戻ったときのこと。その夜、彼はアデルに冒険の話をすべて聞かせ、互いの肉体を再発見するに至った。ホテルの部屋には月光が太い筋を成して射し込んでいた。その彼女がもはや存在していない、どこにも見つからないということも、やはり信じられない。ベッドでの二人は巨人のようで、四本の脚が毛布からはみ出していた。彼女の体にもたれかかり、ときには彼女のうえで小さくなってしまったように感じるのが好きだった。それはすべて消えたのだ。トラックのなかで、金属剝き出しのドアとピーターの肩とのあいだを行ったり来たり揺られながら、自分の孤独の非情さを感じて愕然とした。ダグラスは希望に駆り立てられ、頭がおかしくなっていたのだ。この山に賭けた希望——三十年前の当時でさえ、生命をすべて剝ぎ取られ、岩肌を晒していたこの山に。あんな希望をもはや感じられる人がいるだろうか？それは幻想なのか？　しかし、幻想でないものなどあるか？　この山のうえで、彼はまたそのほのかな匂いを嗅いだ。ダグラスは失敗したが、ほとんど神聖と言えるものに触れたのかもしれない。マディソン街での人生を何か意味あるものにしたいと考え、あんな愚かしいことしか思いつかなかったダグラス。**そしてだからこそ、ここにほんのわずかな時間しかいなかったのに、彼のイメージが私の心にいまだ残っているのだろう。**そうレヴィンは考えた。いまとなっては、彼のイメージは絶対に自分の心から離れないように思われる。たとえ彼と自分とのつながりが部分的にしか把握できなくても。

レヴィンはピーターのほうに向き直った。結局のところ、この人がかつてサクランボを口に詰め込んでいた少年だった頃から、自分は彼のことを知っている。「これについてどう思いますか、ピーター?」と彼は訊ねた。

「何についてですか?」

「このすべてですよ」とレヴィンは言い、窓の外を指し示した。「すべて」

「ニューヨークで母をご存じだったんですか?」

「あなたのお母さん? いえ、ここで会っただけです。どうしてです?」

ピーターは肩をすくめたが、話を続けることにしたようだった。「みんな、ここに答えがあると思ったんですよね。政治的な答えが。あなたもそういうふうに考えたんですか?」

「私? あなたが言っているのは、ある種の社会主義のことですね」

「はい」

「しばらくはそうでしたね」

「それがどうなったんです?」

「まあ、一つにはロシア人の問題があります。強制収容所や後進性などの問題があり、人々は社会主義に幻滅したんですよ。それから、アメリカが繁栄しましたし」

「だから廃れてしまった」

「そのようですね」

二人はしばらく黙り込んで、車に揺られていた。ときどき一人ぼっちで野外に立っている男の姿が現われた。顔に埃をかぶり、通り過ぎる車をビックリした表情で見つめている。

「ここは終わりの地なんですよ」とピーターは言った。

ピーターの口調はドライで抑えられてはいたが、レヴィンは彼の声に喪失感の深さを感じ取った。「ここにずっといるつもりですか？　それとも……？」レヴィンは口ごもった。ピーターはこの国を愛しているはずだから、ここを去るのは辛いだろう。その辛さをわざわざ掻き立てる必要はないではないか？

「アメリカに行くかもしれません。でも、本当にわからないんです。ガールフレンドは結婚したがってますけどね、どうなるかわかりません」

「ちょっと興味があるんだけど、ピーター――ダグラスのことはどう思います？」

「わかりません。とんでもない馬鹿者だったんでしょうね」

「理由は？」

「まあ、深入りする前に、ここの松の種類がどうかをチェックできたはずですよ。しかも、技術的な情報を前もって得ておかなかった。これも愚かです」。彼はしばらく考え込んだ。

「でも、何をするにしても、ここの人たちと働くのは大変なことです」

「彼らにどういう問題があるんですか？」

「彼らの頭はどこかよそにあるんですよ。われわれが見ないものを見て、われわれに聞こえないものを聞くんです」

「ハイチ人に友達はいますか？」

「もちろんですよ。ここで育ったんですから。でも、ハイチ人のほとんどはしくじって、ひどいことになるんです」

「でも、優しいところもありますよね」とレヴィンはオクタヴァスのことを考えながら言った。

「ええ、何人かはね」。少し間を置いて、ピーターは付け加えた。「いまここにはとても悪い連中がいるんです。武装していて、ＣＩＡが助けているって噂です。しょっちゅう人を殺しています」

「それに対して、どういう対策を立てていますか？」

「私になど構わないと思いますよ。構うとすれば、私のビジネスの一部を欲しいからでしょう。それが度を越していたら、私はビジネスをやめて、ここを出て行きます」

二人はたくさんの小屋と小さな庭が集まっている地域を再び通り過ぎていた。レヴィンは数分間質問を何度も心のなかで吟味してから、最後に言った。「あなたがあのタクシーをまた発進させた手順は素晴らしいと思いましたよ、ピーター」

「スプリングをつなぎ直しただけですよ」

「あなたが車を停め、ああいうことをしたっていうのに驚いたんです。それは認めないといけません」

ピーターは話題がこういう方向に行くのが気に入らない様子で、顔をしかめた。「知り合いだったんですよ」

「運転手ですか？」

「ですね」

「あなたが話している様子からは、それがわかりませんでしたよ」

「あいつは馬鹿なんです。運転だってしちゃいけないんだ。あいつじゃ、車の発進はできなかったろうし、どこにジャッキを置いたらいいのかもわからなかったでしょう。スプリングを修理する代わりに、車を持ち上げようとしていたんです。やるべきことの正反対をやってたんですよ。あれは馬鹿者です。しばらく私のところで働いていたんですが、解雇しないわけにいかなくなりました」

「そうですか」とレヴィンは言った。では、ピーターは無私の同情心とか、騎士道的な高貴さから行動したわけではなかったのだ。むしろ、愚かな運転手に対するある種の上品な苛立ち、そして修理ができるという自分の能力への誇りによって行動していたのではないか？　そうなると、救出は彼が想像していたほど騎士道的な行為ではないのかもしれない――騎士にもまた宥めるべき利己心があるのなら別だが。レヴィンにわかるのは、彼自身がタクシーのスプリングを直す方法を知っていたとしても、自分はおそらく停まらなかったであろうということだ。それは、ピーターがここの国民に抱いているような愛を自分が持ち合わせていないからなのだろうか？　それとも、人の領主になろうという思いがないからなのだろうか？

　レヴィンは自分に対してニヤリと笑みを浮かべ、こう考えた。**しかし、あの荒れ地にピアノが置いてあったなら、喜んでピアノに向かい、彼らのために弾いたことだろう。その間、運転手はへまを続け、ここの国民は飢えや渇きで死んでいっただろうが。彼らは誰かが現われ、自分たちを救ってくれるのをただ待つだけなのだ。それぞれが利己心のままに《シャクーナ・ソネゴ》。**

しかし、そこでまた彼は蒸留所のことを考えた。あのメインタンクの巨大さ、それを港から森を通り抜けて引きずって来るのに要した労働。さらに、溶接工と発電機。ダグラスがヴィンセントに対して熱狂的に訴えかけたこと——ひび割れて汚れた眼鏡が歪んだ形で鼻に載っていたこと。彼の叫び声——「この国は死にかけてるだろ、ヴィンセント！」

ピーターはレヴィンをホテルで降ろし、夕食のときにまた迎えに来ると言った。新しい知り合いができて明らかに喜んでいる様子だった。レヴィンは彼に向かって「さようなら」と手を振り、部屋に昇った。シャワーを浴び、裸のままベッドに横たわる。かつてアデルと一緒に寝たベッドかもしれない。車のクラクションがシャッターを通して聞こえてくる。このシャッターをアデルは素晴らしいと言った。続いて通りから聞こえてきたのは、赤ちゃん言葉の甲高い声、オートバイの轟くエンジン音。彼はまたタンクのことを考え、それがまだ良好な状態だったことを思い出した。溶接部に少し錆が出ていただけ。あそこであと千年はもつだろう。ある意味、製作者のちっぽけさを超越する芸術作品のようだ。あるいは、製作者のエゴや愚かさをも超越するもの。レヴィンはここに戻って来たのを嬉しく思った。そこに何か意味があるわけではなく、ダグラスの願望に思いがけず敬意のようなものを払えたからである。あるいは、世界から——少なくとも彼の知る世界から——

消えたと思われるダグラスのアイデアへの敬意。彼はダグラスを愛し、自分も同じくらい無鉄砲に振る舞えたらと思った。アデルと一緒にシューベルトを演奏したい。そう思いつつ眠りに落ちていく。ホテルにはピアノがあるかもしれない。そのピアノの前にアデルと並んで座り、一緒に演奏する——そんな想像に耽れるかもしれない。ホテルのフロント係に訊いてみよう。アデルの香水が匂ってくるような感じがする。彼女があのタンクを永遠に見ることがないなんて、何ともおかしなことだ。

存在感のある人

Presence

顔に当たる陽ざしで彼は目を覚ました。六時十五分前。女を充分に喜ばせていないと非難されたことで、締めつけられたような感覚がまだ残っている。彼女の剝き出しの腕にちらりと視線を走らせ、ウォーキングショーツとサンダルを履いた。朝霧に焦がれてひんやりと冷たい戸外に出ると、うねるような霧のなか、海岸道路に向かって歩いて行く。霧に霞んでいるとはいえ、太陽が温かい光を背中に真っ直ぐに当ててくれるのでありがたい。眠っている海岸線の家々と、道路沿いでうたた寝する車の列、そして彼のサンダルの囁くような音。彼は海辺に下りる公道を捜し、ようやく列の最後の家の脇にそれを見つけた。道が下り坂になる前の突き出した部分で、初めて本物の海が見え、彼は立ち止まった。神聖な故郷の海。遠い昔、この海は幼い彼を愛し、また怖がらせた。海に入っていくと、表面は白い泡だらけで輝いているが、その暗くて神々しい深みにはいろいろな生き物がいた。

六歳か七歳のとき、溺れそうになったこともある。彼は浜辺につながる板張りの遊歩道に下りた。灰色の板は色褪せ、ぐらぐらしている。すると突然、イネ科の草が生い茂るなかに、白い体が見えた。彼のいる高い位置から見下ろすと、黒いTシャツを着た男がセックスしているのがわかる。彼は立ち止まり、じっと見てしまった。その若い体は前後にゆっくりと揺れている。引き締まり、日に焼けた体。膝をついて、慎重に事を進めている。しかし、うずくまっている女のほうは砂と草の小山に隠れてほとんど見えない。彼は意識して考えることもなく踵を返し、海岸道路に戻ると、為す術なく路上に立った。浜辺に下りる道はほかにはない。待つしかなさそうだ。ぶかぶかのサンダルでまた歩き始め、海岸線の家々を通り過ぎていく。自分が興奮していないことへの驚きはほとんど感じない。おそらく、あのセックスが静かで制御されており、ゆえに遠く離れたものに思われたためだろう。あるいは、自分で自分を抑圧しているのかもしれない。いずれにせよ、彼には慎み深く遠慮しておこうという気持ちしか残らない。それはすぐに、浜辺に行くことを阻まれたという憤りに取って代わられた。公道からたった三メートルのところでするなんて、何を考えているんだ！　この時間に人が来るとは思いもよらなかったのだろうが、それでも少しは来てもおかしくない。もう終わっているだろうと考え、彼はまた遊歩道に戻り、浜辺のほうに下り始めた。あの男女はいまごろ毛布にくるまって、並んで横たわっているだろうと考え、警告のために咳払いをする。砂丘の突き出た部分で立ち止まり、眼下の男がまだセックスしているのに気づいた。前よりもテンポが少し速くなり、相手を威圧するかのように、激しさを増している。地球とセックスする牧神といったところ。恐怖のようなものがかすかに見える。支配と服従の根源的な応酬、そのような力で神聖になったもの。男はもっと速く、もっと長く、そして静かで制御された動きで相手を突いていた。彼は困惑して踵を返し、海岸道路に向かって戻ろうとした。エクスタシーの声を聞かないで済むように――あの不条理なほど神聖な吠え声を聞きたくなかったし、それを恐れていた。まるで彼がそれを見ることによって汚してしまうかのように。あるいは、彼としては断りたい要求が突きつけられてしまうかのように。

しばらく散歩した。今回はもっと時間をかけ、彼と妻が泊まっている家まで丸々一街区《ブロック》歩いた。それから踵を返し、今度こそとばかり浜辺に出ようとした。砂丘をのぼり、下る。霧が晴れ、大西洋岸の清らかな青い空が見えてきた。遊歩道の脇には男の姿があったが、女はいなくなっていた。男はカーキ色の寝袋のなかに幼虫のようにくるまっている。大西洋は穏やかにうねるだけで、落ち着き払っている様子だ。ベージュ色の硬い砂の斜面を、泡立つ波が洗っている。この汚れなき海には誰も入っていない。しかし、ふと右を見ると、黒いショーツに白いTシャツ姿の女がいた。引いていく波の縁のところで、足首まで水に浸かっている。立ったまま身を屈め、両手を広げて、激しく渦を巻く泡をパシャパシャと叩いている。彼の立っているところからだと、太腿がむっちりして美しいという以外、彼女の容貌はわからない。だが、髪は針金のような硬い縮れ毛で、逆立っているように見えた。彼は彼女の動きを目で追った。彼女はしばらく海を見つめていたが、それから斜面をのぼり、柔らかい砂浜のほうへと向かった。彼女も彼のほうを見たが、その視線をとどめることなく、男のいる砂丘のほうに戻っていった。横向きに丸まって寝ている男の隣りに、毛布を広げて座る。二人のあいだには五、六十センチの隙間があった。彼女は横を向き、傍らにいる蛹のようなものを見つめた。それからまた海を見た。濡れた手を毛布で拭き、溜め息をついたように見えた。膝を立てたまま仰向けになると、少ししてから、寝袋に背を向けるように横向きになった。

彼は海辺まで歩いていった。寄せては返す波のシューシューという音を、自分はずっと聞いていたのだと気づく。何をする当てもなく、例のカップルとは逆方向へと波打ち際を歩いた。大西洋の深みにはさまざまな思いが溢れていることに気づき、心が掻き乱された。

人生において、これほど感情が濃密に詰まったものはない。穏やかに波が打ち寄せているときは、知恵に溢れているように見え、危険なくらいに心地よい。ところが、暴力的な気質も持っていて、憎しみを募らせている。彼は朝食を食べたくなり、海岸道路へとつながる遊歩道に戻ろうとしたが、数歩で立ち止まった。三十メートルほど離れたところに横たわる例のカップルが見えたのだ。蛹のような姿の男と、それに背を向けて丸くなっている女。彼は砂浜に腰を下ろし、じっと見つめた。女は見捨てられたように感じ、悲しがっているのではないか——そう思ってから、どうしてそう思ったのだろうと考える。男のほうがセックスしか能のない輩で、女はもう別れたいと思っているのかもしれない。女のほうが男を追いかけ、捕まえて、勝ち誇っているのかもしれない。あそこに横たわり、身を休めて、次の男漁りに備えているのかもしれないではないか。ゴリラのように無言だ、と彼は考えた。檻に横たわる二人。そこにあるのは静けさと、満ち足りたという感覚。そして太陽と海の波——地球の自転が目に見えるようになったもの。女が上体を起こしたが、男は経帷子にくるまった死体のように、微動だにしない。死を愚弄する先ほどの行為において、できることはすべてしてしまったと言わんばかりだ。女は海のほうをじっと見つめていた。砂浜全体にまだ人はいない。二人は夜もあそこで明かしたのではないか。二度目のセックスかもしれない。女はゆっくりと振り返り、彼のほうを見た。二人のあいだには朝日が射している。彼は罪の意識になぜか動揺し、うやうやしく目線を下げた。彼女の秘密を知っているという罪の意識。それから心を決め、彼女と目を合わせた。女はするりと立ち上がり、彼のほうに歩いてきた。近づくにつれ、女のふくよかな腰と胸の膨らみが見えてきた。背は低い。さらに近づくと、女の髪がごわごわに縮れていると思ったのは幻にすぎなかったことに気づいた。霧と陽光の具合でそのように見えたのだろう。実のところ、彼女は豊かな茶色の髪の持ち主で、うなじのあたりまで髪を刈り込んでいた。頬は丸く、焦げ茶色の目をしている。富士額と、五十セント硬貨くらい大きいオレンジ色の珊瑚のイヤリング。左手の親指にはバンドエイドが貼ってある。割れた瓶や、とがった木の切れ端がたくさんある海岸で、長い時間を過ごしたためだろう。女は立ち止まり、脚を組んで座っている彼を見下ろした。

「時間、わかります？」

「いえ。でも、六時半くらいですよ」

「ありがとう」

女は決心がつきかねる様子で、彼の背後の海を見渡した。「こちらに家をお持ちですか?」

「いえ、週末だけ訪ねてるんです」

「ああ」と彼女は哲学者のように数回深く頷いた。女は彼のことを視野に含めている――思い上がりかもしれないが、彼はこんなことを感じ始めた。彼がここに座っているのを必然的なこととして受け入れているようなのだ。自分と恋人を別にすれば、砂浜で唯一の存在。彼女はくつろいできた様子で、バンドエイドの剝がれてきた部分を肌に押しつけている。それから視線を親指から彼に移し、首を傾げて、彼を呑み込まんばかりにじっと見つめた。そして、まるで彼からの承認を期待するかのように、口元を広げて笑みを浮かべた。穏やかで弱々しい笑み。彼は自分の顔が赤くなるのを感じた。それから女は落ち着いた溜め息をつき、海のほうをもう一度見た。顎を少し上げた様子は高貴でさえある。さっきの考えが馬鹿げていたことに気づいた。この海岸は彼女のもので、自分のほうが侵入者だったのだ。

　何かが起きたのだ。よくわからないが、彼は何らかのつながりを築いたのであり、一人ぼっちではなくなった。そのことを、恐れと悲しみを抱きつつ悟った。そして、目的がない限り再びしゃべるまいと決心した。三十年前、彼はこの砂浜でセックスした。このあたりの家の数はいまより少なかった。同じ砂丘の草むらでしたのかもしれない。ただし、自分がそれをしたと覚えている砂丘はもっと高かったように思える。彼女は死んで、いまでは骸骨になっているだろう、と彼は考えた。しかし、完全な沈黙のなかでしたわけではない。しかも、あのときは闇のなかだった。海に月の光が反射し、道のように続いていたのを覚えている。その光は彼女の黒い髪まで続いていた。

女はしゃべるつもりはないのだろうか？　彼は面白がっているように見せようとしたが、女を見上げたとき、彼の心のなかには恐れが混じっていた。彼女の恋人のほうをちらりと見たが、まるで別世界に旅立ったかのように寝袋は動いていなかった。しかし、彼女は眠たそうではなかった。まだ興奮で体が疼いているのかもしれない。女の額に、伏せた目に、さまざまな考えがよぎっているように見える。彼の角度から見ると、彼女の脚は砂から立ち上がる柱のようだった。

「私たちのこと、見たでしょ」

息遣いが乱れたが、自分がその場にいる権利にしがみついた。「あなた方があそこにいるとは思わなかったので……」

「わかってます。気づきましたから」

「本当に？　僕にはあなたが見えませんでしたよ。あなたは草に隠れていたから」

「でも、私からはあなたが見えました。私たち、かっこよかったでしょう？」

「とてもかっこよかった」

　彼女は寝袋のほうを振り返り、何かに驚くかのように首を振った。それから滑るような動作で砂浜に腰を下ろすと、また肩越しに振り返った。男がまだ動いていないことを確認する様子だった。次に足首を太腿の下に引きつけ、背筋を真っ直ぐ伸ばして、半ば座禅を組むような姿勢で彼と向き合った。そうして見ると、彼女の顔立ちには東洋的なものがあるように思われた。丸い頰が目を押し上げていて、目を細めているように見える。「一度、戻って来たでしょう？」

「まあ、もう終わっただろうと思ったんでね」

「実際にあなたが見えたわけではないんです。でも、あなたがいるって感じました」

「どういう意味ですか？」

「存在感のある人って、いるんですよ」

　黙り込んで彼を見つめている女は、何か了解済みのことが起こるのを待っているかのようだった。気恥ずかしくなるようなことや、ここから逃げ出したくなるようなことは避けたかったので、彼は少しだけ海のほうに目を向け、リラックスしているような振りをした。この静けさのなかで互いに安心し切っており、話す必要などないという振り。しかし、女は関節に油を差したかのような滑らかな動きで立ち上がり、海のなかに入っていった。彼は女を失うことに悔しさを感じ始め、その思いに赤面したが、女のあとを追った。ふと、ポケットにペンナイフが入っていることを思い出した。これは妻からの誕生日プレゼントで、塩水に浸かったら錆びてしまうだろう。それでも、彼は海に入っていくことにした。女は穏やかな波に向かって飛び込んだ。水は嫌になるくらい冷たかったが、彼も体を浸し、彼女の横で泳いだ。二人は向き合ってしばらく水中を進み、それから女が彼に近づいてきて、彼の肩に手を載せた。彼が女の腰を引き寄せると、女が脚を広げ、彼の体を挟むのが感じられた。そのとき波を頭からかぶり、二人は咳き込んで、笑い合った。女は彼の腰を摑み、彼を引き寄せてキスをした。女の唇は冷たかった。それから彼の手をするりと擦り抜け、泳ぎ去り、歩いて海から出た。そのまま砂浜を歩いて行き、恋人のところに戻る。男はまったく動いていなかった。

彼は海から出た。ポケットに手を突っ込み、ペンナイフを取り出す。その四つの刃を開き、濡れた指で拭いて、折り重なった内部に息を吹きかけて水けを飛ばした。それから砂浜に座ると、タオルは持っていなかったが、太陽で体が温まってきた。新鮮な空気が肺に送り込まれ、頭がくらくらする。彼は目を閉じて頭をのけぞらせ、くつろいだ状態ですべてを吸収しようとした。何かすべきことがあるに違いない。彼は振り向き、砂浜を見上げた。女のほうも毛布に座って彼を見つめ返している。長い絹糸の両端を持っているかのように、二人はしばらくじっと見つめ合った。いよいよ彼女を失うことになる。懐かしい痛みが彼の腰のあたりに戻ってきた。彼は伸びをして仰向けに横になり、目を閉じた。女の体に触れ、何らかの形で精神にも触れたという小さな達成感を抱いていた。驚いたことに、睡魔の指が閉じた目の背後に忍び寄ってきた。海水浴したあとは、セックスのあとと同じように、リラックスできるときがある。彼はその気にさえなればこのまま眠れると感じた。夢の景色が浮かんでくる。が、じきに太陽の光で体が温まり、焼けるように熱くなるだろう。そこで彼は上体を起こし、立ち上がって、もう一度砂丘の陰にいる彼女のほうを振り返った。そして心臓が凍りついた。二人ともいなくなっている。ショックが腹に来て、彼は吐きそうに感じた。こんなにすぐに立ち去るなんてあり得るだろうか？　毛布と寝袋をたたまなければいけないはずだし、そのまわりにあった持ち物もまとめなければならなかったはずだ。彼は二人がいた砂丘に速足で行ったが、そこには何もなかった。ここの砂は柔らかすぎて、足跡が残りそうもない。恐怖が胸に込み上げてきて、彼は四方を見回したが、そこには海と人気《ひとけ》のない砂浜しかなかった。彼らが消える前に海岸道路にたどり着けるのではないか。そう期待して、彼は板張りの遊歩道に急いで戻ろうとしたが、白いTシャツがイネ科の草の先端にぶら下がっているのに気づいて立ち止まった。身を屈めてTシャツを手に取ると、コットンに体温の名残がかすかに感じられた。それとも、もっと以前の恋人たちが忘れていったもので、日光の熱で温まっただけなのだろうか？　ある境界線を踏み越えてしまい、すべてを失ってしまったのではないかという恐怖。その暗い気分と同時に、とてつもない喜びが彼の胸に流れ込んできた。どんなものともつながりのない喜び。彼は遊歩道をのぼって海岸道路に戻り、泊まっている家へと歩き始めた。何とも奇妙なことだ、と彼は考えていた。自分が見たものによってこんなに幸福な気持ちになれるのなら、あのカップルが本当にいたかどうかなんてほとんど問題にならないではないか。

訳者あとがき

彼の心のなかではこんなに新鮮なのに、三十三年前のことだなんて！

本書所収の「テレビン油蒸留所」からの一節（一九一ページ）だが、読者も同じような驚きをもって短篇の一つひとつを読まれるのではないか。これらの短篇は――かなり前に構想されたものもあるようだが――みな今世紀に入ってから発表されており、つまり作者アーサー・ミラーが八十五歳を過ぎてから仕上げた物語たちということになる。そして多くは作者自身の若い頃の思い出に基づいているように見える。となると、ものによっては何十年も前のことを書いているのに――いや、だからこそ、か――これらの短篇には鮮明な描写や若々しい心情、あるいは若々しさへのノスタルジアに満ちている。それらが本書の魅力であり、彼の作家としての並外れた力量を物語っているのだ。アーサー・ミラーという巨人の全体像を知るうえで、本書は避けて通れない一冊ではないだろうか。

冒頭の「ブルドッグ（Bulldog）」（二〇〇一年《ニューヨーカー》誌発表）は、ブルックリンに住むユダヤ系の十三歳の少年を主人公としており、住居の地域や家族構成などを見ても、ミラー自身がモデルであると言ってよい。兄にやり込められているところなど、短篇集『野生馬狩り』（岡崎凉子訳、早川書房）に収められた「ママなんかもう要らない」（一九五九年発表）とよく似ていて、その続篇とも言えそうな作品だ。とすれば、七十年以上前の話となるが、主人公が高架鉄道に乗って通り過ぎる界隈の描写、自宅の家や庭の描写などどうだろう。実に懐かしいような思いとともに目の前に甦ってこないだろうか。物語は、少年が「ブルドッグを売ります」という新聞広告を見て、ブルックリンの別地区にブルドッグを買いに行き、しばらく飼う話だが、同時に性へのイニシエーションの物語でもある。性を知ることで芸術的な感性を開花させたように見える少年の姿は、その両者がいかに密接につながっているかという、作者自身の考えが表われていて興味深い。

そのテーマを深く追究したのが「裸の原稿（The Bare Manuscript）」（二〇〇二年《ニューヨーカー》誌）である。若いときに作家として華々しくデビューした主人公のクレメントは、性的な衰えとともに創作力も衰え、妻との関係も冷え切っている。そこで妻と知り合った頃の新鮮な思いを取り戻し、それを作品にするために、若い女性の裸体に物語を書くことを思いつく。彼は雑誌にヌードモデル募集の広告を出し、現われたキャロルの裸体に妻との出会いの思い出を書き綴る（ここで扱われる妻とのエピソードは、かなりの部分、ミラーの最初の妻であるメアリー・スラッタリーとの思い出に基づいているようだ）。それによって創作力を取り戻すとともに、妻との関係を新たに見直すことにもなる。キャロルが応募のために送ってきたのが「笑い転げるかのように頭をのけぞらせた写真」となると、そこにマリリン・モンローの面影を見たくもなるが、それは穿ちすぎだろうか。

「存在感のある人（Presence）」（二〇〇三年《エスクァイア》誌）も、作者自身の思い出が使われているとともに、やはり性の不思議な力を感じさせる作品だ。主人公は幼少期を過ごした海辺の町に妻とともに滞在し、「女を充分に喜ばせていない」と妻に非難された夜が明けてから、海辺に散歩に出かける。このあたりの海の描写、幼少期に溺れかけた思い出などは、やはり「ママなんかもう要らない」と共通するものがある。ところが、この神聖な故郷の海辺でセックスしている男女を目撃してしまう。最初は冒瀆されたような憤りを感じるが、やがて彼らのほうが自然の姿であり、自分が侵入者であるかのようにも思えてくる。そのあとの不思議な体験も含め、この体験が男の心に及ぼした作用を共に味わってほしい作品である。

「ビーバー（Beavers）」（二〇〇五年《ハーパーズ・マガジン》誌）も不思議な味わいのある短篇だ。主人公は郊外の家の池にビーバーが住み着いてしまったことを知る（この土地はミラーが長く暮らしたコネティカット州ロクスバリーに基づいているようだ）。ビーバーは池の排水口をふさぐ作業をせっせとしているのだが、彼はなぜビーバーがこんな無駄なことをしているのか理解できない。ビーバーの糞は毒であるため、池から出ていってもらいたいのだが、銃で脅したものの効果がない……。動物の本能による行動と、それを理性で判断しようとする人間との齟齬が面白い。この作品はミラーが死の直前に雑誌社に送り、死の直後に発表されたので、最後の作品と言ってよいものである。

残りの二篇は物語性の強い作品だ。「パフォーマンス（The Performance）」（二〇〇二年《ニューヨーカー》誌）はミラーの分身的なジャーナリストがユダヤ系のタップダンサー、ハロルド・メイから戦争中の思い出を聞く物語。一九三六年にヨーロッパを興行して回っていたメイはナチスの高官に気に入られ、ヒットラーの前でダンスをすることになる。彼はさらにヒットラーにも気に入られ、タップダンスの学校をベルリンに作ることを要請される。ヒットラーを前にした居心地の悪さ、〝人種保証テスト〟を受けさせられてから脱出を図る展開など、読み応えたっぷりだが、同時に印象に残るのは当時のベルリンに対するメイの感想であろう。とても清潔で、普通の人々が普通に生きていたベルリンの街。こうした人々がいかに戦争に導かれていくのか、芸術家はこうした狂気にどう向き合うのかなど、いろいろと考えさせられる作品である。

中篇小説「テレビン油蒸留所（The Turpentine Still）」（二〇〇四年《サウスウェスト・レビュー》誌）もミラーの分身的な人物を主人公とする。かつて左翼的な思想を持ち、ピアノとプルーストの小説を愛するレヴィンは、一九五〇年代初頭、妻とともにハイチを訪れ、アメリカ人のダグラスという男と出会う。ダグラスはニューヨークの広告業の仕事を捨て、貧しいハイチを救うために、その地に密生する松の木を利用してテレビン油の製造をしようとしている。しかしダグラスの友人のヴィンセントはそれが技術的に難しい（爆発の恐れさえある）と考え、蒸留所の点火を延期させようとする。レヴィンは帰国してその顛末を知らずにいたのだが、三十三年後、妻を亡くしてから再びハイチを訪れる。この第三部で妻を亡くした思いや、ずっと年下の女性との新たな関係を語るが、これもミラー自身の体験に基づいている（彼は三番目の妻インゲ・モラスに二〇〇二年に先立たれてから、五十五歳年下の画家のアグネス・バーリーと付き合うようになった）。ハイチでレヴィンはますます貧しくなったこの国の現状を目の当たりにするとともに、ダグラスの夢がどのような形を取ったかを知る。ダグラスの強烈な願望と、年老いてからそれを愛おし気に見つめるレヴィンの姿が印象的だ。ダグラスの成し遂げたものを見て、レヴィンは「製作者のちっぽけさを超越する芸術作品のようだ」と感じるが、これは時代を越えて残り続けるミラーの作品の数々にも当てはまるものではないだろうか。

アーサー・ミラーについて、詳しい紹介は不要だろう。『セールスマンの死』(一九四九年)、『るつぼ』(一九五三年)、『橋からのながめ』(一九五五年)などの戯曲は、アメリカ文学史上に燦然と輝く傑作である。一九五六年から六一年まで女優のマリリン・モンローと結婚していたことでもよく知られている。この時期、かつて共産主義に傾倒したミラーは、非米活動委員会(共産主義者の摘発を進めた下院の委員会)の聴聞に呼ばれて仲間の共産主義者の名前をあげろと迫られたが、「自分の良心に反する」と言って断固として応じなかった(このときの体験が、魔女裁判を題材にした『るつぼ』に生かされている)。その後もヴェトナム戦争に反対したり、ソ連で迫害されていた作家ソルジェニーツィンを擁護するために活動するなど、横暴な権力と常に戦い続けた作家でもある。

この翻訳に取りかかっているあいだ、『橋からのながめ』のロンドンでの舞台（二〇一五年）が映像化されて日本でも公開され、日本人の俳優たちによる『るつぼ』も渋谷のシアターコクーンで上演された。前者はマーク・ストロング、後者は堤真一という、すでに名を確立した俳優が主役を演じ、訳者はその迫真の演技に圧倒されるとともに、彼らの名演技を引き出したミラーの偉大さ——ごく普通の人々の深い心情に切り込む技——にも改めて気づかされた次第である。この偉大な作家のまた別の面を見せてくれる短篇集が日本でも訳されることは本当に喜ばしいことだし、その訳者になれた幸運と責任をひしひしと感じている。

なお、翻訳に当たっては、日本映画の英語字幕製作者であるイアン・マクドゥーガル氏に疑問点を質問させていただき、貴重な助言をいただいた。原文と訳文との照らし合わせには、学習院大学の卒業生である飯島絵里沙さんの協力を仰いだ。お二人に心からお礼を申し上げる。また、早川書房編集部の方々には、企画段階から原稿のチェックまで大変お世話になった。記して感謝の意を表したい。

二〇一六年十二月

訳者略歴　学習院大学教授　著書『テロと文学』，訳書『コズモポリス』ドン・デリーロ，『情事の終り』グレアム・グリーン，『さあ、見張りを立てよ』ハーパー・リー（早川書房刊），共訳『われらが背きし者』ジョン・ル・カレ，『ベスト・ストーリーズⅢ』（早川書房刊）他多数

存在感《そんざいかん》のある人《ひと》
アーサー・ミラー短篇小説集

2017年1月20日　初版印刷
2017年1月25日　初版発行

著者　アーサー・ミラー
訳者　上岡伸雄《かみおかのぶお》
発行者　早川　浩
発行所　株式会社早川書房
東京都千代田区神田多町2－2
電話　03－3252－3111（大代表）
振替　00160－3－47799
http://www.hayakawa-online.co.jp

印刷所　株式会社亨有堂印刷所
製本所　大口製本印刷株式会社

Printed and bound in Japan

ISBN978-4-15-209665-4 C0097

乱丁・落丁本は小社制作部宛お送り下さい。
送料小社負担にてお取りかえいたします。